温柔的叹息

〔日〕青山七惠 著

竺家荣 译

上海译文出版社

目 录

温柔的叹息

早上去公司上班，在电车里遇见了四年没见的弟弟。

我坐在座位上，迷迷糊糊地刚开始打盹，一双脏兮兮的旅游鞋进入了我的视野。嚯，真够脏的。我刚要闭眼睛，电车晃荡了一下，那个人也跟着一踉跄，藏青底小白点的袜边从旅游鞋和牛仔裤的一点点缝隙间露了出来。"嘿，小水珠。"我这么想着抬头一瞧，竟然是弟弟。

"哟，你呀。"

就跟昨天才分手似的，弟弟满不在乎地跟我打了个招呼。

我也不由自主地跟着"哟"了一声。

他脖子上戴的银项链上吊着一个香水瓶似的奇形怪状的东西，这东西正好在我眼前，反射着朝阳，亮得晃眼。

"这怪怪的玩意儿，什么呀……"

你怎么在这儿？这几年怎么过的？想问的该有一大堆，却问出了这么一句。

"这叫时尚。"

"什么？"

"不好看？"

弟弟得意地晃动着那个吊坠，给早上安静的电车里注入了奇妙的空气。

"这是我前两天买的。"

他兴奋地介绍了起来。旁边正在看文库本的女人抬起头瞧他，坐在女人旁边的男人也瞧过来。几秒钟后，我也用和他们一样的目光瞧着弟弟。

"这东西能打开的。"他说着把项链从脖子上摘下来，在我眼前晃悠着，好让我看得更清楚点。

"行了。"

我绷起脸，冲他嘘了一声，他不好意思地嘿嘿笑了。好熟悉的笑容。

"有什么话回头再说。"我冷淡地说。

"好，好。"他答应着，百无聊赖地摆弄着那个吊坠，又拽又弹的。

"我去了好多地方呢。"

"是吗。"

我喝着咖啡，无所顾忌地打量着好久不见的弟弟。

现在坐在我面前的风太，理应是比最后一次见到他的时候长大了四岁，可是看上去邋里邋遢、脏了吧唧的。胡子没刮，头发好像也有日子没理了，卡其色上衣也很单薄，看着挺冷的。脏兮兮的脸上，一对清楚的双眼皮眼睛正对着这边。别看他的相貌像是历经风霜，看上去不无仙风道骨的味道，可总感觉身上散发着顽固的幼稚气息。也许因为我是他姐姐，才有这种感觉吧。送咖啡过来的女服务生也偷偷地瞅了他几眼，说不定也是因为感觉到了他身上的这种与外表不相称的幼稚吧。

"圆，你现在干吗呢?"

"工作啊。"

"在哪儿?"

"离这儿不远。还是原来那儿。"

"原来那儿?"

"你不记得了? 我在那家中介公司做事务员。就在前边那栋楼里。"

"哦，那儿啊。"

弟弟眯起眼睛，没说什么，也搞不清他到底记得还是不记得。

"你呢?"

"我? 你猜猜我都干什么了?"

差点忘了，这家伙素来喜欢这样自鸣得意地岔开人家的问话，我最烦他这毛病了。

这几年，我连他的去向都忘了担心了。

只不过偶尔会想起有他这么个人来。比如到了盂兰盆节的时候，就像怀念故人那样，念叨念叨他："记得那时候，风太呀……"过年时，面对着满桌的美味佳肴，会说起"风太最喜欢吃黑豆了"，等等。

"这个嘛，想都没想过。谁老惦记你呀。反正你这家伙去哪儿都饿不着。"

弟弟以前就喜欢一个人出远门。他的模样长得比我这个女孩要可爱多了，又能说会道，总是一副天真烂漫的样子，所以他一直是我们全家人的开心果。可不知他是几时学会的，他知道利用只要表现得天真烂漫就不会挨骂这一点，逮着机会就拿家里人耍着玩。加上父母都是好脾气，不知该怎么管教这么个弟弟，经常是束手无策的。

有一次全家出去旅行，弟弟突然没了影，一家人急得到处找他，可他却拿着带来的观察鸟类用的望远镜在观察我们。终于被我们找到后，他一边嚎啕大哭，一边嚷着"刚才我肚子疼得要死"。他哭得那叫逼真，看着都让人心疼。所以，尽管我们也猜到他在装相，不，知道他多半是装哭，最终还是原谅了他。瞧着无可奈何地互相对视的父母，我只能干着急。

因此，四年前听到母亲在电话里担心地说这一个月都没联系上风太了的时候，我真想说"那不是挺好吗"。不行，不能这么说，我心里这么想着，可还是憋不住说了出来。"你说什么哪。"母亲反驳道，但她的语气里却透着安心感。然后我又和父亲交谈了几句。最后我们全家达成了一个共识：无论我们担心也好，不担心也罢，反正弟弟去哪儿都混得下去的。再者说，我们要是担心他，反倒中了他的圈套，那才气人呢。父母怎么想我不管，反正我是打定主意不上他的套了。这么一想，渐渐地就很少想起他来了。事实上，见不到人影，听不到声音，似乎自然而然就能淡忘。

"没错，当然混得下去喽，就在你起早贪黑干活的时候。"

他往咖啡杯里放了块方糖，咂嘟咂嘟搅动着，笑嘻嘻地答道。从他那长头发遮挡的两只眼睛里，也分明流露出希望我追问下去的神情。

不能上他的钩，我故意换了个话题，谈起了父母的事，什么上个月他们去越南旅行了，又开始养狗了，等等。弟弟饶有兴致地眯着眼睛听着。我很不习惯他这种眼神，总感觉倒像自己在编着拙劣的瞎话似的，便不想再往下说了。在能说会道的人面前讲话，一向感觉如此。就连稀松平常的聊天，也觉得别人在给自己打分似的。

看了看表，差十分钟就到点上班了。咖啡快要喝完了，隐约看得见杯底的玫瑰花图案了。

"我该走了。"

"啊，去哪儿？"

"公司啊。给你，回头付一下账。"

我在账单上放了五百日元硬币。风太捏住了我拿硬币的手指。

"再坐会儿吧。我还什么都没说哪。"

"谁让你不回答呢？"

"说来话长啊。"

"有工夫再说吧。"

"圆，求你个事。"

"半天吗？"

"不用，就几句。"

"什么事？"

"今天，我可以去你家住吗？"

弟弟一眼不眨地盯着我，我带着做姐姐的威严冷静地回视他的眼睛，心想，趁早给他吓回去得了。

他用大拇指和食指像捏着根香肠似的捏着我的手指头，就等着我回答。

"凭什么呀？"

"没地儿住啊。"

"回爸妈家住呗。"

"不回。"

"为什么呀？"

"住他们那儿不合适了。"

"住我家也不合适呀。"

"我等你下班。"

"没准什么时候呢，特忙。"

"没事，反正我没什么事可干。嗨，你带没带什么可看的？"

"带了一本。"

"借我看看。"

我从包里拿出一本文库本递给他。这是一本都改编成了电影的外国畅销小说。

"嘿，你也看这种东西呀。"

"不行吗？"

"好了，你去忙吧。"

风太仰靠在沙发上，翻开小说看起来。他真的打算在这儿等我吗？我有些怀疑。这个风太，四年都没音讯了，一见面就让人家带他回家住，还理直气壮的。

上小学二年级的时候，他第一次离家出走，就因为和我吵了场无聊的架。结果闹得母亲哭哭啼啼的，正在大阪出差的父亲赶了回来，我被吓得脸色发青，充满了罪恶感。父母半夜三更请街道播放寻人启事，最后在邻街的游戏厅里找到了他，当时他也是这副样子。刚找到他的时候，确实老实了一会儿，回到家才过了一个小时，他就完全放松了下来，一个劲嚷嚷"我要吃披萨"，并最终美滋滋地吃上了叫外卖送来的还冒着热气的披萨。我们全家人连被夜里的小雨打湿的衣服都顾不得换，望着平安无事找回来的风太，无缘无故地感动得不得了。当时，在我们的眼里，沐浴着晨晖、狼吞虎咽地吃着最喜欢吃的东西的风太，简直宝贵得无以复加。由于疲劳和惊吓，我发起了高烧，最后病情加重，转成肺炎住了院。弟弟到医院来看我，凭着他那天真可爱劲，赢得了护士们的疼爱，还从人家送给我的果篮里，得了一根香蕉带回家。

　　此刻正坐在离那家医院很远的、新宿某咖啡屋的沙发上看文库本的弟弟，除了个头长高了之外，和小时候没什么两样。

我一言不发，默默地离开了桌旁。

"江藤小姐，刚才那个人，是你男朋友？"我刚在办公桌前坐下，斜对面的小峰姐就问道。

"刚才那个？"

"就是在地下通道和你并肩走的那个。我看见了，你们进了咖啡屋。"

"啊，他不是。"

"什么？真的？你们俩走路的时候挨得多近哪。一般关系可没那么近乎吧。"

我含糊地笑笑，说了个"不是"，结束了这番对话。耳边传来进公司第一年的几个女孩子围着咖啡壶叽叽喳喳嚷嚷"没有咖啡豆啦、没有过滤纸啦"的声音。可能没有人知道，每天早上都是我比她们先到公司，提前煮好咖啡的。"真是的，一大早就这么闹腾。"小峰姐嗔怪地嘟囔着，朝那边走去。

办公桌周围只剩下我和一直盯着电脑屏幕的科长，非常安静。我弯下身，接通了桌子下面的电脑电源，黄绿色的小灯亮了。

"是我弟弟。"这句话我说不出来，也没有必要说吧。不过，没想到小峰姐今天这么早就来了，可能是昨天有活没干完吧。

吃完午饭，看看时间还有点富余，我就去了趟银行。回来的时候，路过风太等着的咖啡屋，隔着门往里瞧了瞧。他坐的桌子特别靠里，所以只能看见跟早上一样忙活着的女服务生和穿西服的上班族。

正要回办公室的时候，刚好碰见小峰姐她们吃完午饭回来。她们叫我一块去喝杯咖啡，这种事不常有。我瞧了一眼就在旁边的那家咖啡屋的箱型招牌。还是白天，电灯没亮，在地下街幽蓝的照明下，那就像是被人遗忘了的一只箱子。

"江藤小姐，去不去?"

"啊，不了，我不去了。"

"哦。"

小峰姐她们进了那家咖啡屋。我要是和她们一起进去的话，风太会怎么看我呢？我这么想象了一下，但没打算付诸行动。

"下班啦?"八点多，我去接风太，他就像一条摇头摆尾的狗似的，冲我咧着嘴笑。"想喝点什么?"

"咖啡。"我简短地说。风太叫来女服务生，要了两杯咖啡。还是早上那个女孩。见我在包里摸索东西，风太从邻桌拿来烟灰缸，轻轻放在我的面前。

"干吗?"

"怎么了?"

"我不抽烟。"

"哦，不抽啊。"风太边说边骨碌碌地转动眼珠子。这是他感到尴尬时的习惯动作。

"你一整天都待在这儿吗?"

"嗯。"

"不无聊吗?"

"巨无聊。这书,没劲透了。"

"是吗?"

"我说,圆,难道你觉得这种书有意思?看书的时候,我老觉得有个戴着红领结的男人在旁边没完没了地解说似的,什么'这儿你该哭了',什么'这儿你要感觉紧张'啦,烦死人了。"

"风太,我可不像你脑袋瓜那么聪明,所以需要一个戴领结的给我解说。这是这么回事,那是那么回事。要是不被人家当傻冒,就觉着累得慌。"

"哦,我明白了。"

女服务生送来了两杯咖啡,风太温柔地道了声"谢谢",女服务生眼睛里露出了笑意,好像在说"我明白"。那笑容亲密得让人都不好意思看了。从早上到现在,风太到底跟这个女孩要了多少杯咖啡呢?

风太马上端起咖啡喝了一口,"烫死了",他叫着把嘴巴张得老大,还伸出了舌头。他从小就这样,明知道烫，却紧着往嘴里送，每次都做出这副怪相，逗得全家人哈哈大笑。不过，我现在不再笑了。大概是见我没什么反应，风太喝了一杯水后，问道："工作还顺利？"

"还行吧。"

"圆，你当头头了吧？可以呀。不得了啊。"

"开什么玩笑！我自己就是部下。"

"今天你后边不是跟着一帮人吗？"

"你说什么？中午？你看见我了？我怎么一点都看不见你呀？"

"从这儿能看见你。"

风太指了指我背后的玻璃说道。果然，脸贴近玻璃的话，就能从与隔壁店之间的一条细小缝隙里看到一小部分地下街的情况。这使我高兴起来，因为看起来像是我后面跟着部下呢。

"从这么一条缝里，你居然能看见。"

"能看见吧。太无聊了呗。"

"你真要去我那儿？"

"不愿意?"

"晚上你睡觉的时候,我会袭击你的,拿菜刀或者赤手空拳,可吓人呢。你还敢来吗?"

"真的假的?"

"以前跟我交往过的那个人说的。"

"哈,我早就猜到了。"

"什么呀?"

"今天早上一见到你,我就想,圆一定是和男人住在一起。而且总感觉你和那个男的很可能处得不太好。"

"哼。"

"不骗你。我这个人,立马就能嗅到别人的不幸。"

"其实也不是最近才分手的。老早了,一开始就合不来,直到最后还是合不来,仅此而已。"

交往了很长时间的男友,的确是刚刚于三个月前离我而去。我这才想起,风太从小就是这样,直觉特别灵。

风太将胳膊肘支在桌子上,两手合十,就像叩拜那样朝我低下头去。厚衬衫裹着的胳膊肘,浸在装了水的玻璃杯下面的一小摊水里。

"姐，求你了。就住几天。打扫卫生、做饭我全包了。"

说实在的，既然来了，也只能这样了，开头几天估计还能相处愉快吧。尽管过不了多久，他可能会惹我生气，不过也不让人讨厌就是。再说，在我面前低下头求我的这个男孩子毕竟是我一奶同胞的亲弟弟，我也觉得自己偶尔也该像个当姐姐的样。

我和弟弟一起走出了咖啡屋。从早上我走之后到现在，风太在这一天里一共要了五杯咖啡加一份咸牛肉三明治。刚才那名女服务生看来一整天都在为他服务，这时她一边擦着我们用过的桌子，一边对他说了一句"谢谢光临"。

风太一进屋，就嘟囔了一声"真冷"。"没有炉子。"听我这么一说，他耸耸肩说："我就知道。"他这个动作就跟外国人似的，莫非他在国外待了很长时间？我心里这么琢磨着，但什么也没说。我不打算主动问他这四年里你到底都干了些什么。

我站在放东西用的四腿圆凳上，打算从顶柜里拿一条没用过的毛毯出来。风太也不帮忙，抱着胳膊仰脸瞧着我，光动动嘴，叫我"加油"。我使劲伸直了腰，好容易抓住了那个半透明塑料袋，整个揪出来扔到他脚边，他弯下腰要去打开袋子。

"我可以吃饭吗？只有面条，吃吗？"

"吃啊。我来做吧。"

"你做？你会做饭？"

"会做。做得好吃着呢。你别管啦，我来吧。"

"清汤面就行。"

"什么都不放吗？"

"什么都不想放。"

我对着镜子摘去发卡和隐形眼镜。风太停下拿毛毯的手，去厨房了。我打开热水器烧洗澡水，然后靠在冰箱上喝着罐装啤酒，瞧着在厨房里麻利地忙活着的弟弟

20

发愣。

"圆，你老是这样一个人吃饭？"

桌子太小，面对面地吃东西觉着别扭，两个人便对着窗户吃起来。

"差不多吧。"

"这样啊。"

"不过，最近经常和同事们一起吃完了回来。就是那些白天和我在一起的人。"

我一边说一边觉得嘴里发苦。和同事吃饭，一年也没有几次，为什么要扯这个无聊的谎呢？

"也喝酒？"

"当然。下班以后去喝，周末一直喝到赶末班车呢。有时候没赶上末班车，就打车回来。要不就在谁家过夜。"

"真的？走上社会了嘛。"

"风太呢？"

"我基本上一个人吃。"

"你呢，现在干什么呢?"

既然聊到这儿了，我到底还是问了出来，没想到他很老实地回答:"算是学生吧。"

"去学校吗?"

"不怎么去。"

"爸妈他们知道吗?"

"他们以长远的眼光看待我。可沉得住气呢，他们俩。"

"那么，你学习吗?"

"嗯。"

"研究蜜蜂?"

"那是过去时喽。"

风太曾经把研究蜜蜂作为暑假作业，还受到了市里的表彰。

这天晚上，弟弟从他的大双肩包里拿出还算干净的衣服换上，睡在我的床铺和壁橱之间的过道里。我也想过给父母打个电话，可转念一想，没准明天他又不见了，今天就算了吧。

高中毕业后，我就从家里搬出来单过了，所以，我并不了解这几年弟弟在家里是怎么个情况。如今，小孩子长成了大人，一家人都不住在一起了，更无从知晓了。

我头朝窗户躺着，从我的角度看，风太躺的位置是个死角，只能听见铅笔在纸上走过的轻微的沙沙声。他好像正打着手电在不停地写着什么。

"风太，干什么哪?"

"写东西呢。"

"写什么?"

"短歌。"

"短歌? 噢，对了，你离开家之前好像说过要学短歌的。作一首给我听听吧。"

"圆，我先问你一个问题可以吗?"

"可以啊。"

"你今天一天过得怎么样?"

"一般吧。不好也不坏。去公司上班，带着风太回家。就是这样的一天。"

"午饭吃的什么?"

"意面。"

"和谁?"

"你不是看见了吗，公司的同事。"

"吃午饭的时候，聊些什么?"

"没聊什么。就是聊聊工作啦，周末怎么过之类的。有的人已经有老公了，所以也聊那些事。"

"那些什么事?"

"就是关于老公的事啊。比如老公为什么事生气啦、给老公买了什么啦、老公把孩子弄哭啦、老公烤了蛋糕啦、全家一起去郊游啦之类，特无聊的事。"

"你工作的时候，都想什么呀?"

"当然是工作了。"

"别的什么都不想?"

"那也不一定。"

"那你想什么呀?"

"你有完没完哪。老打听这些干吗?"

"算了,不问了。那么,你觉得明天会过得很愉快吗?"

"不觉得。"

"好吧。"

手电的光灭了。我也没跟他道晚安,睁着眼睛躺着。

四年前,在新宿的中央公园里,他对我说想要学短歌。那时候我刚进现在这家公司才半年吧。那天是正午稍过,夏天的暑热终于退去,阳光和煦。我一边思考着下午必须要做的工作,一边望着在绿叶还未落尽的樱花树下铺上野餐垫,坐在上面吃午饭的公司职员们。他们吃着白色餐盒里的午饭,面露柔和的笑容;打开的阳伞扔在野餐垫边上。坐在我旁边的弟弟,说话声音像念经似的,低沉而含糊,我有时想听听他在说什么,可就是听不清。樱花树下的那些人的说笑声,却要听得真切得多。当时我想，要是能加入到那些人里头去聊聊天，该有多开心哪。

"圆，你累了？"

"嗯，大概。"

"就是这样，我要跟你再见一段时间了。"

"什么？"

"我决定出个远门。"

"什么？去哪儿？学呢，不上啦？"

他才上大学一年级，一只手里拿着一个装笔记本的透明文件袋，看样子是利用课间时间来找我的。

"我打算请一段时间的假。"

"你的意思是要休学？请假学短歌？怎么，想要研究'百人一首'① 了？"

"哪儿呀……"

"跟妈说了吗？"

---

① 收集一百位歌人每人一首佳作的和歌集，以《小仓和歌百首集》最为著名。

"说了跟没说一样。"

"爸呢?"

"说了跟没说一样……"

他在我旁边来回拉着透明文件袋的拉链，瞅着我，等着我表态。

"早点说吧。我也不太清楚，至少，钱也是个问题啊。"

"嗯。反正先来跟你告别一声。Adios①。Adieu②。再见。"

"好吧。拜拜。"

他并没有起身离开的意思。公司职员们开始收拾餐盒、叠起野餐垫了。我看了看手表。

"午休时间到了。"

"嗯。"

---

① 西班牙文，再见。
② 法文，再见。

"那我走了。"

我没有回头。他也没有朝我这边看吧。他大概在看那些人叠起野餐垫走了之后，下面被压倒的一片草坪吧。

恐怕要有一段时间见不到他了，我在公司的办公桌前坐下来的时候，忽然这样想道。恐怕要有一段时间不能像刚才那样坐在弟弟旁边了。

然而，现在待在我房间里的千真万确是这个弟弟。没有再也见不到面，而是重逢之后还在一起吃了清汤面，而且正打算在同一间屋里睡觉呢。这就叫做家人吧。

等眼睛适应了黑暗后，我坐了起来，看见床脚边突起一块立体形状的毛毯。啊，这房间里还有一个人哪。我切切实实地感受到之后，才躺下睡了。

早晨醒来一看，床边的桌子上摆着早餐，风太靠着床在看电视。我拿了一杯水，躺在床上吃起了吐司，什么也没抹的吐司。

"你打算给我当保姆?" 吃完，我对着他的后背说道，

"不过，要是你每天给我做饭，还真是求之不得啊。"

弟弟正看得入迷吧，没有答理我。我起了床，伸了个懒腰，看见昨天风太睡觉盖的毛毯旁边有一本大学笔记本，封皮上用粗记号笔竖着写着"江藤圆"。我也没打招呼，就翻开了本子，看见第一页上写了几行字，结尾是"没有希望"。从头到尾再看，发现是昨天晚上我对风太说的那几句话，被不加润色地记录了下来。

弟弟拿着一杯牛奶，坐在电视机前。我凑近一看，见他闭着眼睛，就用本子打了他脑袋一下。"干什么呀?"风太不乐意地说着揉了揉眼睛。

"这是什么?"

"啊?"

"这个本子。"

"怎么随便看人家东西呀。"

"这些，写的是我? 什么'没有希望'，你说得着吗? 当然有了，多少的。多多少少的。"

"哦，是吗?"

"这叫什么？观察日记吗？"

"我的收藏呀。还有好多本呢。你想不想加入？"

"我可不想。什么收藏？干什么用？"

"活在当下的人们的真实记录啊。可宝贵了。"

"想搞什么研究？"

"还给我好吗？"

风太居然绷起了脸，真是少见。

"有什么了不起的。反正别写我了，拜托。"

我拿本子一角顶着他的肩膀还给他时，他意味深长地笑着说："说不定能畅销呢。"

中午和同事一起吃意面。吃饭的时候，聊的是工作的事和周末的事，还有老公的事。老公会生气和做点心。工作的时候主要想工作的事，此外想不到别的。没有希望。

这几行草草的文字就是我的一天。前半部分还是我瞎编的，只有剩下的那部分是我的一天。我的每一天，就是这几行字的复制、粘贴、复制、粘贴，如此延续下去的。

今天，在公司时发生了地震，震得挺厉害，女同事都吓得尖叫起来。有的人钻进了办公桌底下。"江藤小姐，快点呀！"脸色煞白的小峰姐生气地催促我道。没办法，我只好猫下腰钻进办公桌下面。等待摇晃消失的工夫，我忽然想到，要是我今天死在这儿的话，风太的那本本子就到第一页为止了。就白写了吧。一想到自己有可能只留下那么几行记录，就要从这个世界消失，我真想一直躲在办公桌底下不出来了。

摇晃消失后，我钻出头一看，小峰姐还缩在办公桌底下，没敢站起来。

"你没觉得还在晃吗？"

小峰姐磨磨蹭蹭地慢慢爬了出来，呼吸也有些紊乱。

"我这人，特别怕地震。我可不想死在这地方啊。怎

31

么能在公司落下人生的帷幕呢?!"

"没事，大家都在一块呢。大家在一块的话，我就不害怕了。"

"哟嗬。不过，江藤小姐，你那位男朋友可怎么办哪？活着的人多可怜呀。"

"我可不愿意死在后头。"

"哎呀，你男朋友也太可怜了。"

小峰姐笑了。她有丈夫和一个今年刚上小学的儿子。她办公桌上摆着一张戴头盔的男孩照片。要是记录她的本子的话，恐怕复制和粘贴就行不通了吧。有老公和孩子的话，什么吵架啦、和好啦、洗衣服啦、记账本啦，各种各样的单词都会出现，口头禅也会有很多，说不定能编成一个像样的故事呢。

"喂，小圆吗？"

在公司的电梯旁边给家里打电话时，除了像往常一样的妈妈的声音外，我还清楚地听见他们养的那只柴犬在一个劲地瞎叫唤。

"妈妈，昨天风太来我这儿了。突然来的。我们在电车上碰见的。"

"风太吗？他爸，小圆说风太回来了，在电车里碰见的，去圆那儿了……"

妈妈没跟我，而是跟待在同一房间里的爸爸说了起来。

"妈妈，听我说呀。风太挺好的，没病没灾。等我下班回家，他应该还在，让他给你们打电话？"

话筒口传来一声清咳，爸爸接过了电话。

"圆，你说风太去你那儿了？"

"是啊。昨天在电车里偶然碰见的，后来就让他住我那儿了。"

"还有呢？"

"他挺好的，没病没灾。邋遢了点，可还算有人样。让他给你们打电话？"

"他在旁边吗？"

"没在，我现在在公司呢。晚上回去他应该在。"

"让他给家里来个电话吧。不用了，我现在给他打过去。他在你家，对吧？"

"嗯，可能在。"

"好，我打个试试吧。"

"好的。我挂了。"

"啊，圆，风太个子长高了吗？"

"什么？个子？没注意。不过好像瘦了点。个子嘛，嗯——个子吧……"

这大概是我们家的传统吧，最该问的不问，净问些稀奇古怪的项链啦个子之类无关紧要的事。

弟弟依然老老实实地待在家里，而且真的做了晚饭等着我回来。晚饭做得还挺丰盛，除了白米饭之外，还做了几样蔬菜和鱼。每只圆形器皿都罩上一层保鲜膜，一盘盘摆在桌上，跟狗食似的。

"你会做菜？"

"哟，你不知道吗？我其实挺喜欢做菜的。以前咱们在一起住的时候，我是觉得不合适才没进厨房的。"

"什么不合适？"

"还用说吗？厨房是女孩子的地盘呀。"

"胡说，没听说过……"

我记忆中的风太，是个穿着运动西装端端正正地坐在沙发上看电视的、胖乎乎的男孩子（现在已经瘦多了，但小的时候比我可要胖得多）。和我不一样，他特别招人喜欢，总是表现得落落大方，所以，一向是只管饭来张口就行了。万没想到他居然还会做饭。

"爸爸来电话了吗？"

"没有啊。"

"他说要打给你的。"

"刚才我出去了一会儿，买东西去了。"

"嗬！"

我说了一声"我吃饭了"，拿起筷子默默地吃起来。风太走到玄关那儿，给我刚刚脱下来的那双皮鞋喷上护理剂，擦了起来。

"圆。"弟弟从玄关那儿叫我。

"干吗?"

"这双鞋，还是拿去修理一下吧。后跟都露出钉子来了，得换个胶底了。"

"是吗。"

"我明天拿去修修吧，顺便也修修这双?"

他举起我夏天穿的褐色凉鞋晃着。自己的鞋被他说这说那，怪难为情的。

"嗨，风太，你过来。"

"干吗呀。"

"我现在给爸妈他们拨电话，你来接一下。"

"哦，好的。"

他居然爽快地答应了，我倒觉得没什么劲了。

"也是啊，有日子没跟他们通话了。OK，打个电话。"

"好，嗯……"

往家里拨了电话，先是妈妈接的。"让风太跟你说吧。”说完这句，我顿时感觉一阵紧张，表情严肃地将话筒递给了风太。尽管我们大家的神经都绷得紧紧的，可人家却跟没事人似的，模仿女孩子的嗓音尖声尖气地接了电话："喂、喂——""坏蛋。"我忍不住啪地拍了他脑袋一下。

"妈妈，你好吗？"

大概是被我拍疼了，他冲我使劲龇牙咧嘴，不过说话的语调还挺平稳的。我觉得在人家旁边默不作声地听电话不大合适，就三口两口吃完吃了一半的饭，去厨房沏咖啡了。往过滤器里倒开水的时候，听见风太在隔壁屋里开心地笑着。妈妈一定很高兴吧。不在身边的儿子，可能比在身边的女儿更可爱些吧。

眼前浮现出小峰姐办公桌上摆着的那张戴头盔的小男孩照片。妈妈会不会也像她一样把风太的照片摆在起居室里呢？

"打完了。"风太把话筒交给我时，我刚刚把杯子里的咖啡喝光。风太似乎没打算跟我谈谈打电话的感受，一眼瞧见水槽台上放着的咖啡粉,说了句"我也喝",就自己烧起开水来。

晚上睡觉前,风太问了我和昨天一样的问题。今天过得怎么样?中午和谁一起吃了什么?做了哪些工作?你觉得明天会是什么样的一天?我说了一些关于地震的事,然后又问了他一次写这些干什么用,但还是没有得到明确的回答。他只是用"感兴趣"或者"为了研究"等来搪塞我,随后就紧接着问起下一个问题来。

第二天早晨,我又看了笔记本,只不过增加了寥寥几行而已。

圆中午和小峰姐一起去商场的烤鳗鱼店吃饭。小峰姐说孩子学校的运动会临近了,每天早上要早起陪孩子锻炼,还给孩子做了舞蹈服。中午,发生了强地震,钻进了办公桌底下。今天来登记的几乎都是老大爷模样的人,向他们说明为他们介绍的工作比较费劲,但必须耐心接待。由于会议延长而加了班，大家一边吃点心一边开会。

本子上记录的我，和前辈一起吃鳗鱼饭，聊孩子运动会的事，对工作也抱有一定的责任感，加班又是如此的温馨。其实，关于运动会的内容是我在厕所里听说的。我正刷牙的时候，小峰姐她们进来了。只有三个洗手池，我让出来，自己站在角落里的粉红色垃圾箱旁边一边刷牙，一边听她们聊天。

"这东西，你打算每天都记?"

"你不愿意?"

"那还用说。"

"圆，高中时代不都写过日记吗? 我现在是代替你在写日记啊。有人愿意替你写，多运气啊。"

"没觉得。"

我嘴上这么说着，眼睛又看了一遍记录，心想，这么接着往下写，似乎也不错啊。上高中的时候，看着日记的页数一天天增多，是我的一大乐趣。仿佛连续写下去就会自动变成一个故事似的。比起写日记来，回过头去看日记的时候更让我激动。现在，这种同样令人怀念的兴奋感觉，夹杂进崭新笔记本的纸张的气味，正隐隐地刺激着我的鼻孔深处。

第二天、第三天，弟弟都还住在我家。回过神来，已经一个星期过去了。

昨天回来的时候，看见他和房东站在公寓门前聊天，我吃了一大惊。他们就像祖母和孙子似的亲亲热热地说笑着，弟弟手里还端着一小箱橘子。

"啊，姐姐，你回来啦。"

风太说着冲发愣的我亲昵地摆了摆手，平时见我只是点点头的房东太太，今天也说了句"您回来了"。

"这橘子，我就收下了，真不好意思。"

风太稍稍抬了抬那箱橘子，表示感谢。上年纪的房东太太听了，眉开眼笑地说："这东西上岁数的人吃不动了，得靠年轻人帮着吃才行啊。"我在这儿都住了四年了，从没看见过她如此高兴的表情。

"按说这屋子不能住两个人，不过，有困难也没有办法呀。回头有合适的地方，我给你们介绍一下吧。"

房东太太摆出一副通情达理的面孔对我说完，装可爱地朝弟弟摆了摆手，回同一小区内的自住房子去了。

"真是邪了门了。你对她说了什么，做了什么?"我一进屋就问道。

"没有啊。我跟她打听去邮局怎么走，就熟悉了。"

就这么简单。

我简直就像跟一条宠物狗生活在一起一样。风太整天不是舒舒服服地躺卧在房间的一角，就是吃点这吃点那的。有时候他凑到我身边来跟我说话，看我不想搭理他的话，就知趣地自己一边老老实实待着，要么就出门瞎转悠去。我也不大介意他的存在，照旧看自己的书啦，熨衣服啦，和自己一个人的时候差不了多少。

要是放任不管，说不定他就赖在这儿不走了。我刚开始萌生这个念头，一天下班回到家，风太就不见了，桌上照常摆好了晚饭。我打开电视，慢悠悠地吃起饭来。风太后半夜才回来。

他换上了干净的条纹衬衣，裹上毛毯，躺在床与壁橱之间的那条狭长过道里。中饭吃了什么？开了什么会？来登记的是什么样的人？你给他介绍了什么工作？喝了几杯咖啡？和谁一起回家的？一路上聊了什么？我的脑袋困得迷迷糊糊，问什么答什么。他的声音就像用剪刀飞快地剪东西似的，清晰地钻进我疲倦的脑子里。

最后，回答完"你觉得明天会过得很愉快吗"这个问题，我微微抬起了头，只看得见风太从毛毯里露出来的脚底板。无论我回答"是"或"不是"，弟弟这怪模怪样的脚底板都只会露在那里不动，就像跟死人说话似的，无论什么样的答案都不会从那里渗进去。

我瞧着眼前的脚底板，等着下一个问题的工夫，忽然冒出一个念头：其实自己才像一条宠物狗呢，每天回到风太这儿来，向他报告自己一天的行踪。我重新盖好了被子，面朝墙准备睡觉了，听见铅笔的声音还在持续着。

今天早上，在去公司的路上碰见了同期进公司的小林君，他请我喝了咖啡。小林君人不坏，就是给人感觉有些轻浮，对他一直没什么好感。今天忙于接待来登记的人，小峰姐好像也很忙，连聊天的工夫都没有。

午休时间有富余，就去献血了。还看了漫画，吃了面包圈，然后回去工作。傍晚去邮局寄后付费邮件时，感觉到了些许秋意。七点多有登记面谈。我最憷晚上来登记的客人，可也没有办法。为了散心，下班后和小峰姐一起吃了布丁后回家。

来修坏掉的打印机的外包公司员工不爱说话，长得也不大顺眼，不过小峰姐说对他挺有好感的。谈到对男人的感觉，圆和小峰姐喜欢的类型似乎大相径庭。对于最近来公司打工的小伙子，小峰姐也老是夸赞。

最近几天，有个人天天打电话来，挺烦人的。他曾经干过几十份工作，都被炒了鱿鱼，这倒成了他炫耀的资本，还以居高临下的态度问我，有没有本事给他这样的人介绍工作。既然是客人，就不好怠慢。我客气地耐心听他讲完了之后，却感觉不到他想找工作的迫切愿望，所以也不能把他转给协调员。

重又看了一遍，实在让人泄气。自己每天过得真是要多平庸有多平庸啊。除了献血、去邮局，就是打印机、烦人的顾客，连这样生活过来的我这个当事人，也只能说"那又怎么样"。再说小峰姐怎么怎么那部分，还是彻头彻尾的捏造呢。我真是无话可说。

风太在往本子上记录着我说的话，看他的表情蛮认真的，可谁知道他心里怎么想的呀。弟弟的直觉力这么强，说不定早就把我的心思看得明明白白的了。

"今天我回家晚。"星期五早晨，风太一边穿鞋一边对我说，"我下午出去，晚饭可能做不了了。去见一个大学同学。"

"我也回来晚，不用做了。"

"有事?"风太立刻问道。

"联谊会，为临时工举办的，大家去喝一杯。"

"去哪儿?"

"不知道。公司附近吧。正合适啊，今天咱俩都在外面吃吧。"

"知道了。"

其实根本没有什么联谊会，我就是不由自主地脱口而出了。不过，偶尔说说也没什么。自从风太来了之后，一直都是和他一起吃晚饭的。虽然我说过"周末要赶末班车回来"，可是上周一不小心，像平常一样直接回了家。所以，今天不编个"和同事一起去喝酒"的瞎话，就总觉得悻悻的。

尽管我的悻悻纯属多余，但一想到万一他怀疑我撒谎，我还得自圆其说，就够郁闷的。即便我直接回家，他哪儿知道啊？不过，有可能的话，真的找个人一起在外面吃完了再回家，说不定也蛮不错的。

刹那间，好似一个意想不到的地方开了个洞，一股风从洞里吹了出来。坐在电车上，这个偶然的念头一路上都在我脑子里转悠。对呀，我就趁这个势邀请别人，或者接受别人的邀请怎么样，感觉就像别人那样很随意地说"去喝一杯"？

自打进公司到现在，不管是受邀参加什么样的聚餐，我几乎都拒绝了。在那种场合我不知道该说什么，而且又不大会喝酒，只能在角落里干坐着玩弄擦手巾。与其受这份罪，还不如跟正在交往的男朋友两人在家里舒舒服服地吃饭呢。所以我总是编个理由给推掉，什么"要在家里等快递"啦、"父母要来"啦之类的。一来二去，人家也就不怎么叫我了。我的心倒是放下了，但也确实有种说不清的失落。就从今天开始，尝试着改变一下自己也好。虽说以前自己一直是那样，但没有道理说以后也得这样下去啊。

所以说，没必要因为跟风太撒了这么个谎，就觉得心虚。这点事没什么可犯难的。

在公司里，我一整天差不多都在琢磨这事。如果说要约的话，首选应该是每天都跟我打招呼的小峰姐吧。我跟她说"今天晚上有空吗"好呢，还是"可以的话，今天一起吃个饭再回家"好？还是直截了当地说"去喝一杯好不好"合适？不管我怎么说，估计她都会特别惊讶的，或者感觉怪怪的吧。

"小峰姐。"小峰姐站起来准备去吃午饭，我叫了她一声。

"有事？"小峰姐从抽屉里拿出牙刷套盒，朝门口等她的人摆摆手说，"我马上就去。"

"那个，今天……"

"什么事呀？"

小峰姐挎上名牌坤包，一边整理头发，一边等我开口。在她那涂着浓浓眼影的眼睛里射出的锐利目光的注视下，我突然间畏缩了。结果，自己造成的沉默愈加觉得沉重，原本准备好的话也跑得没影了。

"对不起，我忘了想说什么了。"

"怎么啦，我说江藤小姐？"

"抱歉，最近特别爱忘事……"

"没准是青年性①……那个词怎么说来着？想起来再告诉我好了。我去吃饭了。"

"好，好。"

小峰姐不行的话，该找谁呢？同期进公司的只有两个人，一个是风太的笔记本上也写着的营业部的小林君，还有一个是会计科的女同事。这位会计姬野小姐特别爱美，头发染成鲜亮的浅褐色，指甲修得特别漂亮，形象也总是非常华丽。除了欢迎新职员和进修结业典礼之外，

---

① 她原本想说的是"阿尔茨海默症"，即老年痴呆症。

我从没和她一起去喝过酒。还是小林比较爽快，好说话一些，但他根本一次也没像日记里记录的那样，请我喝过咖啡什么的。再说他经常跑外。而且，冷不丁和一个关系都不怎么要好的男子一起去吃饭，合适吗？

这么胡思乱想着就到了傍晚，下班铃响，小峰姐走了，会计女孩也走了，同科室的前辈也都回家了，只剩两个没怎么说过话的后辈在忙着加班，别的科室的年轻人来叫他们，他俩也赶紧收了尾，转眼间就没影了。我终于下了决心，去营业部那边一看，只见白板上写着的"小林"名字旁边，贴着"外出一天"的磁贴。

进站的站站停电车上，乘客稀稀拉拉的，数都数得清，没等他们下来，人们就拥上了车。在座位上一坐下，我就扫视起车厢里的人来。有公司职员、学生、中年人、老年人。这些人中有可能和我一起吃晚饭的，到底有几人呢？

一个年轻母亲推着一辆空婴儿车上了电车，随后，抱着婴儿的父亲和一个貌似他们朋友的、戴毛线帽的男人上了车，站到了我面前。三个人看上去都比我要年轻，穿戴得非常新潮且自然。做着滑稽相在哄孩子的父亲手上有刺青，手指根部刺了一排汉字数字。旁边那个朋友的耳垂上穿了个插得进一支铅笔的窟窿眼，但他看婴儿的眼神却十分温和，不含一丝恶意。

我不禁暗自祝福这几个年轻人能够幸福长久，尽管我和他们素不相识，只不过同坐了一趟车，尽管人家恐怕根本就没朝我瞧一眼。

也许是因为婴儿一直哭闹个不停，三个年轻人在开车铃响后车门即将关上的一瞬间下了车。电车启动了，我从车窗看见三个人在站台上哄孩子。

我从包里拿出文库本，放松了姿势看起书来。刚看了几页，发觉有个什么东西出现在了我视野的角落里。我稍稍移动了一下视线，捕捉到了那个东西。一双眼熟的鞋子。一双脏兮兮的蓝色旅游鞋，白色的鞋带几乎已成灰色，就位于我的斜对面。绝对是风太。意识到的一瞬间，我打定主意死活不抬头。

风太肯定正瞧着我吧？知道我在装蒜吧？那也无所谓。这样最好。不然，我真不好解释，这个时间应该正在开联谊会的，怎么会在这儿呢？

随着车身的晃动，风太的鞋一点点往我这边蹭了过来，我眼睛盯着它，脑子打算想别的事。

"圆。"

我定定地看着文库本上的字，假装没听见。旅游鞋鞋尖碰了碰我的浅口鞋鞋尖，我只好抬起头来，只见风太穿着早上走的时候穿的那件卫衣，双手抓着吊环。

"干吗？"

"圆，难道说你早就发现我了？"

"嗯。"

"怎么这样啊？我还怕打扰你呢，可不理你又感觉怪怪的。万一你一抬头，冷不丁瞧见我，心情多不爽啊。嘿，原来你看见我啦，嗨。"

"看见你的鞋了。"

"联谊会呢？"

"取消了。那个临时工有事提前走了。"

"刚才那个小孩儿，真好玩啊。"

我面无表情地再次把视线落回到书本上，一个字也没看进去。到了站，我是不是非得跟风太一起回家呢？非得像一对夫妇似的相伴弯去超市，拎着塑料袋并肩走回家吗？

好半天没听见风太说话，我抬起眼睛瞅了他一下，他趁机赶紧对我说："我一会儿去见个朋友，你也一起去吧？"声音大得只怕别人听不见似的。

"不了。"

"怎么了？"

"胃不舒服。"

"那就买点乱炖，一起在家吃？"

"我从来不吃半成品。"

"为什么？"

"对身体不好。吃那种东西还不如光喝水呢。"

"唔……"

现在抬头看风太的话，恐怕会被他全部看穿的，看穿那本本子上的记录以及刚才我说的话，有一半是谎言。

"圆，指甲油脱落了哦。"

"我可以看书了吗?"

我把目光落到书上，一直盯着自己的指甲。

刚一走出检票口，就看见一个穿着粗呢短大衣、围着红格围巾的高个子青年倚靠着售票处的墙壁站着。他留着邋遢胡子，弄了个飞机头造型，整个一过了时的时髦青年。高腰皮靴锃亮得出奇，目光犀利，感觉难以接近。我心想，该不会是这个人吧。偏偏他正是风太的朋友。

"嗨，风太。"

一看见风太，他满脸不高兴似的走了过来，于是，我也不甘示弱地沉下脸去面对他。

"好久不见。这是我姐姐，圆。"

"你好。"

我冷淡地问候了一声看着他，他阴沉着脸，眼睛直勾勾地盯着我，我实在无法与之抗衡，便求助般地朝风太看。风太嘿嘿一笑，说道："没骗你，是我姐。"

"不太像啊。"

他嘟囔着，感觉上嘴角似乎挤出了一丝微笑，然后又含混不清地咕噜了些什么。这个人也许没那么可怕，我心里琢磨着。

"弟弟承蒙关照了。"

我照例低了一下头。他也说着"哪里"低了一下头。风太揪着我俩的围巾，把我俩的头揪起来。

"省省吧，又不是相亲。这哥们，叫绿。名字像女的，其实是个男的。"

"是吗？这名字少见哪……"

这个人就是跟我一起吃晚饭的人吗？这个念头即刻被我自己否定掉了。管他是谁呢，懒得去想这些。

"跟我们一起去吃饭吗，老姐？"

我一口拒绝了。风太还是一个劲地劝我去。"去吧。"

"不去。""顾虑什么呀?""不想去……"我一边推辞着,一边朝弟弟的朋友瞧了一眼,他的脸又阴沉下来了。不过,从他低着头的样子和不时瞅瞅我们的眼神来看,似乎并没有不高兴,只是出于礼貌才一直不说话的。可能他生相如此吧。我也属于那种一不说话就容易被人误会是不高兴的人,于是乎不禁对他产生了亲近感。

尽管被弟弟说得有些心动,但我还是没有去。从戴着围巾的那个人背后昏暗的窗玻璃上,我仿佛看见了自己在玩弄擦手巾的影像。

回到家里,我开了一听啤酒,一个人吃着清汤面。放洗澡水的时候,我坐在床上,弓着身子,胳膊肘支在膝盖上。听见热水渐渐注入浴缸的声音。这声音那么让我心安。我仿佛看见水柱正穿过热腾腾的水汽笔直落进浴缸。几分钟后,我泡在了清香四溢的暖融融的热水中。我由衷地感到没和风太他们一起去是对的。但同时,心里却也像硌着一块什么东西。

我吃起房东送的橘子来。橘子还有半箱。我试图像剥橘子皮那样把那个心结解开。反正也闲着没事，就当作是不使用器械的纯粹头脑体操好了。

风太好像和那个年轻人喝了酒，回来时满脸通红，走路一摇一晃的，脱鞋的时候，把玄关摆着的花瓶给碰倒了。"麻烦大啦！"他叫了一声，然后独自夸张地大笑起来。

"你也爱喝酒啊。"

"对喽。"

"这屋子，禁止呕吐。"

"放心放心。哎哎，绿说他想来咱家玩。"

"绿？"

"刚才那家伙呀。不至于给忘了吧。就是那个帅小伙，飞机头。"

我正坐在床上看书，风太一屁股坐在我旁边，满嘴的酒味。他打了个大哈欠，心情似乎挺不错。

"离我远点，难闻死了。"

"他说想来咱家。"

"那个人是你什么朋友？"

"大学里的朋友。"

"怎么看着凶巴巴的。"

"那家伙吗？他可不愿意你这么想噢。"

"他一直留那种发型？"

"是啊。而且还爱戴红围巾。"

"是吗……"

"怎么，喜欢上了？"

"喜欢他？开什么玩笑！"

"还是喜欢吧？这么神速？那家伙还提到你呢。说你挺迷人的，还说你长得像他一个朋友什么的，够逗的吧。怎么样？喜欢吧？"

"没感觉。"

"不会吧。"

两人都不说话了。风太一下子躺倒在床旁边。我瞧着他那圆圆的脑袋，又从桌子上拿起一个橘子剥了。

　　我躺在床上想。

　　那个戴红围巾的人说，他迷上了我。

　　这就叫特殊嗜好吧？

　　他吃饭的时候是什么样呢？

　　他喜欢喝咖啡吗？

　　那笑容是发自内心的，还是装出来的？

　　中午和两个后辈女孩买来中餐盒饭去屋顶上吃。因为晚上有联谊会，就把费时间的活推后了。联谊会因主角新人身体不舒服，提前走了，而推迟到下周。其他人留下加班，我没那份心情，就回家了。

　　在回家的电车上遇见了弟弟。在车站见到了弟弟的朋友，长得有点凶，但印象还可以。

　　尽管喝醉了，可弟弟还跟以往一样，没有耽误记录。

第二天早晨，我看了一下，字写得特别潦草，但内容还挺准确。我编出来的那一段也一字不差地写在上面。

弟弟一边看电视一边喝牛奶，嘴角泛着白沫。他回头对我说："昨天记的内容，真有点爱情小说第一章的感觉哪。"

"什么？"

"就是'第一章　邂逅'的感觉。"

"是你想那么编排吧？"

"是啊。"

"哪有那么戏剧性啊。"

走着瞧吧。风太嘿嘿笑着，我有点后悔，或许说了不该说的话。我说那个人"长得有点凶，但印象还可以"的时候是什么语气呢？

傍晚，我在准备临时增加的登记面谈时，小峰姐问我："江藤小姐，前几天你想跟我说什么呀？"

她指的是上周末我想约她那件事。真希望她给忘了，不过我早就想好了怎么跟她解释，以备万一。

"啊，那天哪，是这么回事——"

"怎么回事啊？"

"就是那个，我本来要和朋友一起去吃晚饭的，结果朋友去不了了，可是我已经在餐厅订好位子了，所以想问问你能不能去。"

"哟，是吗？"

"不过也没关系，我也正好有急事，反正是去不了，所以就……"

"真是稀罕哪，受到江藤小姐的邀请。"

"啊……"

我真不知该说什么好。巴不得这番对话赶紧结束，就当什么都没发生过一样，继续闷声干活。一看表，离五点半的面谈只有几分钟了，就对小峰姐说："剩下的我来吧。""好吧。"小峰姐很干脆，说完就离开了房间。我一个人又是擦桌子，又是摆资料、准备茶水，然后把来面谈的男人引了进来。

来登记的人大都比我有经验得多，而且派头十足。对方一恭恭敬敬地向我问好，我倒觉得自己仿佛一下子变渺小了。在将一张张填写得密密麻麻的就业履历表归档时，我忍不住要问自己：难道说我的人生就是每天在这家公司里给不认识的人们沏茶倒水、准备资料、干各种杂活吗？风太的那本本子上记录的那平淡无奇的每一天，将永远持续下去吗？

下班铃声一响，小峰姐就飞快地收拾办公桌，用公司电话给丈夫打电话，说今天晚上有聚餐，回家晚，等等。

"阿峰，能去吗？"

"嗯。能去。几点开始？"

"七点。差不多该走了。"

跟小峰姐说话的是和她年纪相仿的公司里的妈妈朋友。我翻动着桌上的资料，嘴里嘟嘟囔囔的，假装在找什么东西。忽然我意识到，也许自己这种姿态本身就不对头。还是稍微抬起点头来，表现出没什么事可干的神情比较好？

我偷偷瞅了小峰姐一眼，看见她把东西塞进坤包，正准备站起来。我抬起头，停下找资料的手，舒了口气，轻轻伸了个懒腰。"我先走了。"小峰姐边说边穿上黑色外套，将红色围巾往脖子上一绕。

"辛苦了。"

我尽可能笑容可掬地、声音格外爽朗地说道。小峰姐怔了一下，听见有人喊"阿峰，快点啊"，她说一声"我走了"，就小跑着出去了。她们在等电梯时发出的笑声，我在办公室里都听得见。

我干完了今天可干可不干的活，穿过地下通道，到了地上，站在停车场上的警卫背着手瞧着我。

昏暗的马路深处，居酒屋街灯光闪烁、熙熙攘攘。在不远的拐角处，有个高个子男人举着标语牌站在那里。那经过脱色的头发，笼罩在头顶上方招牌的幽幽红光里。那体形有点像风太。

风太到底打算住到什么时候呢？瞧他那样子，即使现在突然消失了都不奇怪。他要是走了，我会感到寂寞吗？我那本日记就不会迎来任何结局，也就再见不到那个起了个女人名字的叫绿的人了吧？像他那种类型的人，过寻常日子的人是根本无缘认识的。

其实这是再自然不过的事了。一直音讯皆无的弟弟，只不过是暂时性地来我这儿借住而已。是很短暂的暂时性，很快要走掉的。

话又说回来，非暂时性的生活又存在于哪里呢？在风太来之前和走以后，我的生活就是自己真实的生活状态，这话我实在说不出来。也许，我只是想把那些生活片段看做为了达到某种目标的演习吧。

我在居酒屋街上走着，从那些垂吊着灯笼的小酒馆走到悬挂着金色大招牌的华丽店铺。街上到处都是穿西装的男人。从他们身边走过时，其中一个男人粗暴地碰了我的胳膊一下，身后传来"哎哟哟"一声嚷，随之响起一片哄笑声。

我佯装不知地疾步往前走。虽说已经疲惫不堪了，但还是不想停下脚步。仿佛这样走下去，就会越来越远离烦恼似的；就不会老是去想生活如何人生如何之类的问题，而是想那些令人心情愉快的快活事了似的。

　　回到公寓的时候已经快半夜了，我还是像往常那样吃了风太做的晚饭。由于走累了，觉得特别好吃。本想好好嚼一嚼再咽下去，却咬了腮帮子。我干脆吮吸起渗出的血来，风太见了笑起来。

　　"我咬着腮帮子了。"

　　"瞧你那张脸，就跟上了岸的鱼似的。"

　　"累了呗。我现在是看什么都不顺眼，甭管什么。"

　　"我看你要的就是这股劲吧，现代人就这样。"

　　"你不也是现代人吗?"

　　"废话，当然是现代人啦。对了，这个周末叫那家伙来，行吗?"

　　"叫谁呀?"

　　"绿。"

风太没再往下说，像是在试探我的反应。

"来干吗?"

"来吃个饭。"

"在我这儿?"

"是啊。"

"哪有地方啊? 不行。这个屋子，两个人就满员。"

"哦，是吗? 圆，你不乐意的话，我们去外面吃好了。你要不要一起来? 不过是午饭。"

"你们两个大男人有那么多话可说吗?"

"没有啊。他大概是顺便吧。"

"顺便去哪儿啊?"

"不清楚。"

"我可不去。"

"好吧。"

何必装模作样呢，想去就去呗。又没有什么特别的意思。可我说不出口。只要一说出来，肯定就不想去了。前几天的小峰姐那件事也是这样。我是一说出口，就立刻反悔的。即便自己主动邀请了别人，也总是想要逃避。

"圆，那天你休息不是吗？而且也没什么约会吧？"

"有个约会。和朋友吃午饭。"

"怎么这样啊。你要出去啊。"

"差不多吧。不过我不喜欢我不在的时候有陌生人来家里。"

"哦，是吗？那就算了，我们去外面吃。"

睡觉之前的提问时间结束后，我想了想，告诉他说，这次特别破例，我不在家的时候，你可以带绿君来。风太没有怀疑什么，满心欢喜的样子。他喜欢展示自己的厨艺，说绿君特别喜欢吃咕咾肉。

星期六，我在车站二楼的咖啡屋里消磨了一天。我坐在角落里靠窗的座位上，俯瞰着外面的街道。在绿约定来我家的一点前后，我眼睛一眨不眨地追逐着每一个行人。

开始怀疑自己究竟为什么要待在这里的时候，已经五点多了。这时，我看见风太和绿君并肩在街上走着。风太的身材在我这个姐姐看来也是相当不错的。绿君虽然不如风太，但由于发型的关系，也显得十分修长。这样两个看上去很帅气的年轻人，却好像在进行什么秘密交谈似的，不时凑近了呵呵呵地笑着。真没想到，绿君居然会有这样一副笑容。他们俩就像一肚子鬼花招的小学生似的，只不过大了一圈。

　　我不太了解风太在外面是个什么样的孩子。上小学的时候，他就很招女孩子喜欢，就是不知道他究竟是怎样带她们出去玩、逗她们笑、让她们听他摆布的。他带来的女孩类型随着季节的变换而大有不同。他的男朋友也大抵如此。风太好像是同与自己当时的喜好相投合的朋友交往，并不固定与某一个朋友交往。

　　以前在一起生活的时候，我跟弟弟生过气，可弟弟从来没有跟我生过气。只是他不像其他这个年龄段的男孩那样闷声不响，或老窝在房里不出来，或踢墙来发泄，这让我这个做姐姐的多少有点不满，同时也为他感到担忧。要说风太可以算做青春期的行为，充其量就是时常一连几天不着家而已（当然，我们已经不再全家出动，满大街地找他了）。我早已做好思想准备，认为即便是有朝一日，他来个惊人大爆发，也是不足为奇的。

所以，当我听说他一上大学，就真的去向不明了的时候，反而安下心来，因为这才证明了我不了解的风太是真实存在着的。我至今没有问他这些年在干什么，不过从这里远远望去，弟弟还是以前的弟弟，现在，他就像地地道道的当代青年一样，正潇洒地走在寒风扑面的大街上。

他们在通向检票口的台阶前挥手告别，风太朝书店方向走去，绿君走下了楼梯。我赶紧买了单，进了检票口，看见绿君就站在去新宿方向的站台上。

我仔细地盯着他看了半天，还是觉得他的神情让人难以接近。我想要从他身上的那种氛围里寻找和自己相似的某种东西。他会像风太那样给我沏咖啡吗？他接过咖啡杯时的手和捏住杯把的手指会让我觉得可爱吗？

"也许会吧。"

我自言自语着。然后又重复了一遍，像是要说给他听似的。尽管是怯生生的，可我却能感觉到自己的嘴角正泛着微笑。这恐怕就是那个意思吧？这恐怕就是想要让这个人的手、脸、动作和声音更贴近自己的兆头吧？这一点点预感使我拿着月票的手指尖颤抖起来。

"绿君。"

我叫了他一声，没有反应，轻轻拍了一下他外套的后背，他才回过头来。

"啊。"

"你好。"

这个人，他还记得我叫什么吗？离近了一看，他长得实在是不同凡响：两眼间隔老远，颧骨也高得离谱；反正可怕的印象还是拂不去。

"你是风太的姐姐吧？"

可怕的面孔在一瞬间里变柔和了，变成了笑脸。看见这笑脸，我憋在嗓子眼里的话也终于能够说出口了。

"是我。多谢关照风太。"

"我们刚刚见过面。"

"是在我那屋子里吧。地方太小，没想到吧?"

"不小。比我住的房间大多了，也挺干净的。"

"是吗……你现在，回家?"

"不回，现在去买龟食。"

"什么? 乌龟?"

"我养了一只乌龟。就是喂它的吃食。一般地方卖的它不吃，就认风太告诉我的那家店的。"

"风太他养过龟?"

"他说以前养过。"

"真的呀……"

正聊着乌龟的时候，电车来了，我和他一起上了车。我想尽量跟他说点什么，就试探性地说了句"我想看乌龟"，他就说"那就下次来看吧"。接着便是一阵沉默。我正琢磨着该怎么结束这个局面的时候，新宿站到了。

"那个，绿君——"

"哎。"

"要是你没吃过饭的话，我现在想去吃点东西，一起吃好不好？"

"现在吗？"

"那个，可能你在我家里已经吃过了……"

"啊，没关系的，随便吃点也行。"

"啊，好的……那家咖啡屋怎么样？"

我指了指和风太一起喝过咖啡的那家店，绿君说了句"好，走吧"，就快步朝咖啡屋走去，红围巾随风飘动着。这合适吗？刚刚才主动邀请了人家，此时却已经开始胆怯了。

我们在靠里面的座位上面对面坐了下来。离得这么近，又是面对面，使我再次想到必须得找点话说才行，于是我又早早地后悔来这儿了。绿君看着菜单，默不作声。看他这沉默的劲头，我要是不主动跟他说话，没准他连自己还长着嘴巴都忘了呢。

"这儿的咸牛肉三明治挺好吃的。"

我壮了壮胆，对他说道。不出所料，人家只是"噢"了一声。

"风太前几天也吃过。"

"是吗？"

"他看来挺爱吃的，还在家自己做着吃呢。"

"那家伙做饭有两下子啊。"

"没错。他住我那儿以后，每天都做我们两个人的晚饭。"

"多好啊，这样。"

他心不在焉似的说了这么一句之后，便目不转睛地瞧着我的脸，等着我的反应。我不知道该怎么办，就假装仔细端详起面前装着水的玻璃杯来。于是又安静了下来。我实在忍受不了了，便继续跟他谈风太。

"那孩子，这几年一直是杳无音讯。"

"你说风太？"

"过年和盂兰盆节都没有回家……"

"真的？"

"风太没跟你提起过我们，就是我们家?"

"没怎么提过。也许说过，记不得了。"

"这样啊。我弟弟是个好孩子，就是有时候让人操心。"

"是吗?"

"上次，你说我们俩不太像，真让我松了口气。"

咸牛肉三明治上来了，还是那么好吃。绿君只说了一句"好吃"，就一口气吃光了。

我给风太买了西点带回家。弟弟正躺在床旁边看笔记。我跟他说"我回来了"，他只"哦"了一声。

"我给你买西点了。"

"嗯。"

"那是我的记录?"

我说着朝他手里的本子抬了抬下巴，风太点点头，应了声"对"，便合上了本子。我打开装西点的纸盒时，他把手枕到脑后，呆呆地瞧着天花板出神，又不时地像是突然想到一般，打开本子看看又立刻合上，搁到一边。

"你写的那些，特有意思?"

"也没什么意思。"

"卖什么关子呀?"

"怎么说呢，总觉得太没有起伏了。"

"起伏? 没有必要。"

"这种平平淡淡的日常生活，老是这么日复一日的话，也挺痛苦的吧?"

"对于看这东西的人来说是吧。不过，除了风太，谁看哪? 当事人可一点不觉得痛苦。谁闲得没事净琢磨这些呀。每天能吃饱饭，我就烧高香了。"

弟弟以观察植物似的眼神凝视着我，目光专注得就像在数叶子上有多少锯齿一样。

"真心话?"

"是啊。快吃点心吧。"

真是出乎我的意料。按说每天的记录都已经过我添油加醋了，没想到他还说缺少起伏。难道说，别人本子上的内容更加跌宕起伏吗？真想问问他，可还是忍住了。

风太好像还想说什么。他是不是期待着我也像植物那样生长变化，像植物那样发芽、抽出两片叶子、开花、生病以至枯萎？

"有事吗？"开吃时，我发觉他还在偷偷看我，就瞪着他问道。

"没什么。"

弟弟把叉子插进蒙布朗栗子派里说道。他用叉子掏出里面的栗子泥，将奶油抹到小碟边沿上，然后小口小口地吃起来。

"是吗？"

"绿今天坐在那儿，差不多跟你挨着。"风太冷不丁说道。我还以为他在老老实实地吃点心呢。

"你想说什么？"

"没什么……"

刚才和绿君见过面的事，我现在不想说。我想独自再好好回味一遍，睡觉前让他记到那本本子上。

和大学同学共进午餐后，逛了商场。回家时，遇见了绿，两人在咖啡屋喝了茶。请绿吃了咸牛肉三明治。给弟弟买了蒙布朗栗子派回家。

尽管只是短短几句，却是迄今为止的记录中最灿烂的一页。我看了一遍又一遍。这是多么有分量的事实啊，它足以碾碎前面那几页无聊之极的虚构。

白天在公司，只要一闲下来，我就会沉浸在回想之中。和绿君一起吃饭的事、他说过的每一句话、他说我可以去看乌龟，都是真的吗……

"江藤小姐。"

突然听见有人叫我，吓了一跳。一看，是小峰姐一手端着杯咖啡，一手抱着一堆文件站在我背后。

"回头我有事拜托，一会儿来找你哦。现在大家有事离开一会儿，你给接一下电话吧。"

"好的。"

手机就放在面前的抽屉里，可是，抽屉一次都没有震动。我没有告诉风太，星期六吃饭时我和绿君交换了邮箱地址。

已经三天过去了，他一直没有跟我联系。这意味着什么呢？是忘了？难道说是在犹豫？或者根本什么都没想？多半是什么都没想吧。我可没那么乐天。不过看他的态度也不至于让人那么悲观。不过再怎么说，他总该有个只言片语发给我吧。问我要联系方式的是他；临分手的时候，他还说"那我们下回见"。也许这句话并没有多少意思在里头。不过，他到底是不是那种擅长社交辞令的人呢？

"江藤小姐。"

我正要继续思考下一个"不过"时，背后传来小峰姐的声音，惊得我差点从椅子上跳起来。

"吓着你了？抱歉。"

"没有，没有。没事。"

"我想还是现在跟你说吧。是这么回事，今年又到了该做贺年卡的时候了，我还是想请你来设计制作。可以的话，每种打印一张出来，不光给我看，也给部长看一看。十一月内必须定下来，最少做五种。必须包括属相和舞狮图案，因为部长喜欢舞狮的那种。"

"明年是什么年？"

"什么年？对不起，我也不清楚。你去问问科长吧。"

"好的。"

"那就拜托了。"

她一只手端着的咖啡香味扑鼻而来。前几天幸亏没有邀请她去吃饭。还是感觉不自在。就算保持现在这样的距离也完全没问题。

小峰姐做事干脆利落，和我这样磨蹭的人在一起，她恐怕只会觉得特没劲吧。再说她有她的交往圈子，而我也有了一个需要更多地考虑距离远近的人。只要在够得到那个人的范围内，按照自己的喜好交友就行吧，大概。

我在电脑屏幕上画出了多个制作贺年卡用的四方白框，然后往里面填写贺年用语。"恭贺新年！""过去的一年承蒙厚爱，不胜感激。""今年还望多多关照为盼。"……上次承蒙和我共进晚餐，非常感谢。可以的话，下次一起喝茶吧。不喜欢两个人的话，就把风太叫上。如果嫌外面费钱，就在家里吃吃火锅，你说好不好……

本来应该是设计贺年卡的，可不知不觉满脑子想的都是发什么内容的短信好了。

怎么写都觉得不自然。

吃完风太做的晚饭后，我终于下决心跟风太说了。这是整个白天思考了几十遍同样内容的"不过"之后，最终得出的结论。

"喂，风太老弟。"

"有话就说。"

"我想了一下——"

"嗯。"

"请绿君再来咱家吃一次饭，你看怎么样?"

"你自己请呗。"

"我可请不了。"

"怎么了?"

"不行不行，我哪行啊。"

"我又没什么事找他。"

"可是我不知道他的联系方式啊。"

"你知道的吧?"

"你怎么知道?"

"因为你老是不停地看手机呀。还能不知道?"

"哼……你今天怎么这么冷淡呀。"

我这么一说，风太飞快地说了句什么糊弄了我一下，就打扫浴室去了。

"风太。"

风太穿着粉红色的塑料拖鞋蹲在浴缸里吭哧吭哧地

刷着，转个身都显得费劲。叫他也不搭理我。

"风太先生。"

"干什么呀。"

"一辈子就求你这一次。你来邀请一下吧。"

"连着两个周末都请人家，你不觉得太频繁了?"

"不觉得。风太，你不是一直盼望你的记录富有戏剧性吗?你不是说没有起伏，太无聊吗?"

"好像是吧。"

"现在怎么没劲头了?"

"圆，你自己去试试吧。没有你想象的那么难。你就很随意地发个短信就行了。就随便邀请一下那种感觉。"

"可是……"

"我看着你发，现在，就在这儿发吧。"

"你想干吗呀……"

"不这样逼你，我怕你永远都发不了。你把手机拿来，在我刷完浴缸之前发掉。"

是啊。也许是这么回事吧。现在不做的话，兴许一辈子也鼓不起勇气来邀请别人做什么了。我坐在浴缸沿上，打出了短短几句话，和白天想的那些完全不一样。最后只剩下摁发送键了，我瞄了风太一眼，他正蹲在我脚边，用牙刷刷着橡胶塞上的红霉斑。

"嗨。"

"怎么了？"

"我发了啊。我要发了。"

"好，发吧。"

"那我就——发了。"

我摁了发送键。在摁键的瞬间，我真希望电波能被这间狭小浴室的墙壁给弹回来。希望他不要看短信。要是打算拒绝的话，希望他干脆不要回复了。

我泡在加入浴盐后变成绿色的热水里，侧耳倾听着。难道是我的电话响不了了？变成一部只会在枕边等着充电的长方形机器了？我不想看到它。

我泡得头昏脑涨地从浴缸里出来后，风太指了指我的枕边，说："刚才响过。"我尽可能装作一脸平静地打开了手机。是绿君的回复,只有短短一句"我会去"。

小峰姐让我设计贺年卡,可脑子老是走神,结果做得不太理想。我真的很想专心做这件事,却没做到。下午来登记的人里有个人很面熟,原来是中学同学。他说有空一起去喝一杯。晚上,邀请绿君来家吃饭。他这个星期六会来。

从前几天开始,在那些可有可无的虚构里,确确实实地掺进了一连串有关我和绿君见面、吃饭、约好下次吃饭等事实的记录。尽管是毫无高潮可言的平铺直叙,可只要读一遍,就会感到尽管是一点点地,但事情似乎真的是在切切实实地进展着。

早晨喝牛奶时,我跟风太说了这个感觉,他回我说:"不像你想的那样。"着实让我泄气。听他这副腔调,我忽然想到:说不定风太并没有我对这日记上心,和他比较起来,可能倒是我更执著些呢。这么一想,我觉得挺难为情的，赶紧放下本子出去了。

　　周末的聚餐是在奇妙的气氛中进行的。

　　风太呈献的是干烧虾仁。为了绿君，我才帮着收拾了虾的背肠，其余时间基本上一直在后悔，什么也干不到心上。我打定主意让两个年轻人去支配下面的时间，自己从头到尾当个旁听的。就是说，我只扮演风太姐姐的角色，一个不大爱说话的姐姐。

　　按照预先的设计，我一直没怎么说话。绿君好像也不爱说话，只有风太一个人轻松愉快地说个没完，丝毫没把我们俩的沉默当回事。上个周末，我看见他和风太在车站附近边走边聊的时候谈笑风生的，今天怎么这么沉默呢？该不会是因为我在这儿感觉不自在吧？他是放不开，还是不愉快？我越吃越觉得心情暗淡了。也许是我多心，总觉得绿君看我的眼神似乎带着歉意，又似乎有些踌躇不决。

　　再过一会儿，估计他就会像平常跟风太说话那样谈笑自如了，我刚这么一想，晚餐就已经结束了。绿君说他明天要起早，得回家了。

按说我和风太把他送到大门外，说声"再见"就完了，没想到风太不容置疑地说道："圆会送你到车站。"

"什么？我去送？"

"这家伙不知道去车站怎么走。"

可是，他不是自己一个人来的吗？话到了嗓子眼，又被我咽了回去。看得出来，风太是有意在撮合我们呢。

"你姐姐？"

让我吃惊的是，这个年轻人竟然没有拒绝。这算怎么回事啊。这么说，他有那个意思？

"好了，拜托了。"

风太推了我后背一下，我们俩这才迈开了脚步。走到拐角回头一看，风太已经进屋了。

往常独自一人看的藏蓝色天空和树叶，此刻是两个人一起看。小诊所院子里种的橡树树梢已经挂上了半月。平日里只是一路瞪着走过去的风景，此刻就在我和另一个人的头顶上。出来的时候，我只穿了件薄上衣，感觉有点凉，就缩起肩膀，加快了脚步。

一路上时断时续地聊着今天的晚饭和风太，因为除了风太之外没有其他共同话题。我们之间还互不了解，加上天气寒冷，使我不禁哆嗦了一下。

"风太老是笑呵呵的，人缘也不错，就是不知道他成天都在想什么，你觉得呢？"

"这么说，是有那么点。"

"那孩子是我们家的一个谜。"

"我倒没觉得，只觉得这小子心眼不坏。"

"嗯，心眼是不坏。跟谁都合得来。我可没有他那个本事。"

"是吗？"

"我告诉自己，就算哪天回家，他突然不见了，我也不能让自己吓着。"

"怎么说？"

"每次他一失踪就伤心的话，不就正中他下怀了吗？"

"我倒觉得那家伙没那么多心眼。"

"不过，那孩子从小就是这样，老是故意把我们折腾得心烦意乱的，他自己瞧热闹玩。"

"噢，是吗?"

绿君对风太的这种品格好像没有一点兴趣。我不想使聊天中断，就说起了笔记本的事。

"你知道风太的笔记本吗?"

"笔记本?"

"他在给别人写日记呢。让我把一天的经历讲给他听，他记成日记给我看。可笑吧?"

"是够可笑的。"

绿君对这个话题似乎也毫无兴趣，就跟评价风太的干烧虾仁"好吃"完全是一个口吻。

"真搞不懂他记录这个干什么，莫名其妙吧……"

也不知自己是想得到他的赞同还是什么意思，才说到一半，我的声音就渐渐微弱下去，消失在了寒冷的空气中。再也没什么可说的了，我把手插在兜里，默默地走着。

走到看得见道口截路机的地方，绿君说道："每个人都有不可思议的时候吧。"

"什么？"

这话来得突然，几秒钟后，我才反应过来他是接着刚才的话题说的。

"啊，你是说刚才那个……"

"我也被他记录过。"

"真的？"

"有一个月左右吧，他在我那儿住了。"

"是吗？真不好意思。"

我不自觉地道起歉来。抬头看绿君的侧脸，大概是喝了不少啤酒的关系，在白色电灯光下，能清楚地看见他眼睛四周泛着红。

"每天晚上都让我告诉他，这一天是怎么过的。我这才发觉，自己的每一天简直毫无变化可言，特别吃惊。而自己居然一直都没有发觉这是个问题。难道这家伙是为了让我意识到这一点才这么做的？这么一想，就觉得挺反感的。"

"可也是啊。"

"所以，我就不许他写了，也不让他在我那儿住了。"

"后来呢？"

"就这些。"

"那，你后来没什么变化吗？"

"没有啊。我对自己的生活没什么不满意的。"

"这样啊。"

"他这么做也许有他自己的考虑，我没资格说三道四的。"

"真不简单哪。"

"什么不简单？"

"怎么说呢，对别人的事没兴趣，可是一个优点啊。有这样的心态，就不会老是觉得累、觉得寂寞了，是吧？"

"你这么想？想看乌龟吗？"

"乌龟?"

"上次跟你说过的。不想看就算了。"

"啊，乌龟呀，想看哪。"

"要是没事的话，就今天晚上吧?"

"啊，好……"

绿君突然将揣在大衣兜里的手拿出来，我以为他想要拉我的手，原来只是要买票。在电车上，我想思考一下绿君说的有关风太的事，可是老集中不了精神。求证和绿君一起坐电车去他的住处这一事实与自己有关就已经耗费了我的全副精力。到了站，连站名都没看清楚，我就跟着他下了车。

他的公寓面朝公园。那是一栋四四方方的二层楼建筑，很干净，楼梯比较窄，我跌了一跤。

我看到了趴在没有水的玻璃缸里的乌龟。问他这只乌龟叫什么名字，也没得到回答。我虽然眼睛在看乌龟，心里却一遍遍想着"无所谓、无所谓"，最后就跟他上了床。

完事之后，绿君很快就睡着了，我却睡不着。看着不怎么熟识的人睡觉似乎不大礼貌，我就看看天花板，或者掀开窗帘看外面的景色。

天亮了，天花板上的图案清晰起来，那图案很怪异，就像一道道的划痕。我听见了人们陆续起床的动静和汽车的声音。我伸不出手去触摸身边人的裸体，只一味地往床边挪，仿佛在逃避一个接一个冒出来的疑问。

昨天他说的"每个人都有不可思议的时候吧"这句话，指的就是这样的行为吧？

以后我该怎么办呢？该怎么和这个人相处呢？他起来以后，第一句话我该跟他说什么呢？什么也不说行不行？

各种各样的答案聚拢过来。然而，从昨天晚上到现在发生的一连串事情在我头脑里不断地重现，答案随之再次散落开去。

早上回到家，风太正在看电视新闻。为了避免和风太说话，我马上去冲了个淋浴，然后一声不响地钻进被子，想舒舒服服地睡上一觉。

"彻夜不归呀。"

"嗯。"

"圆，其实到时候你也能行啊。"

"什么能行？"

"能行，能行。今天晚上，我都给你记上吧。我太高兴了，你能这样。"

看风太心满意足的样子，就像他自己做了件了不起的事似的。他看着我的目光中，居然莫名其妙地包含了敬意。弟弟从来没有用这样的目光看过我，这让我有点狼狈，也有点难为情。不过，瞧着风太的表情，我也不知不觉地兴奋起来，就像小时候和弟弟一起成功地干了件不得了的坏事后那样，兴奋得心头突突直跳，不过我没有说出来。

我闭上眼睛隔断了他的视线，反刍起昨天以来发生的一幕幕，就跟在绿君的房间里一遍遍地回想一样。就连离开他家，他说"回见"时是怎么挥的手，都仔细地回想着。他没有送我到玄关，只是从被子里伸出手来软绵绵地摇晃了几下。

"圆，睡觉还笑哩。"

睁开眼睛，看见风太还在低头瞧着我，便不再想下去了。

星期一，上班后，看见邮箱里来了一个要求确认是否出席忘年会的通知。记得前年是借口回父母家而没参加。去年也没有去，不过没找什么理由。今年也是一样，我不假思索地在键盘上敲下"缺席"。在准备发送的一瞬间，我停下了手。

为什么拒绝参加？有什么好害怕的呢？对面的小峰姐正忙着，一边嘴里说着什么，一边摁着电话键。后辈们为准备面谈，正急急忙忙地复印着资料。科长静静地在文件上盖着章。我为什么就那么不愿意和这些人在一起喝酒呢？

我从气氛谈不上愉快的聚餐，一直想到绿君的房间。

对于今后可能会发生的各种事情，不管再怎么想，该发生的照样会发生，不该发生的也不会发生。到时候总有办法应对的，肯定的。而且，即使不顺利也没关系。能够和某一个人建立稳定的关系的话，没有其他朋友也无所谓。再说，就像绿君那样，也许完全没有必要对别人抱有过多的兴趣。

在一起只过了一个晚上，绿君的冷漠恬淡就已经传染给了我似的，使我感到异常的兴奋。我删去了刚才写的"缺席"，改成"参加"，发了出去。

这么一来，我觉得一切都变得容易了。一股不知从何而来的奇妙活力，从早到晚在我身上奔涌。

请绿来家里吃了饭。在他来之前我还有点不高兴。弟弟做了干烧虾仁，很好吃。三人有说有笑。本来是送到车站，后来应绿的邀请去了他家，在他家过了夜。早上回来，睡了一整天。

今天早上看的这篇周末日记，一字一句都是真实的。尽管比此前告诉风太的任何一天都更像是编造的，但却是真真实实的事实。出门之前，我翻来覆去看了好几遍。像往常一样，风太一手端着杯牛奶，专注地看着早间新闻，根本没注意我在干什么。

和绿君的这件事，使我的生活发生了微妙的改观。生活环境与几个星期前相比并没有丝毫改变，映在我眼里的景色却截然不同了。犹如戴上了正合适的眼镜，风景会自动跃入我的视野。然而，在我脑海中与绿君有关的一连串回忆和他所说的话面前，无论多么美丽的风景，都即刻黯然失色。

无论遇到什么不顺心的事或不想做的事，我都会想，有绿君呢。只要我一想到那件事是千真万确的，我就能一遍又一遍地产生一种永远不会淡去的、类似于幸福的感觉。虽然也觉得这样下去有点危险，但我还是全身心地依恋着自己内心里日益膨胀的绿君的面影。

可是，他一直没有跟我联系。

难道说，那只是一夜情吗？难道说，只有我在傻傻地等着再次约会吗？

"风太，男人是只干一次就能结束一段的吗?·这种事很平常吗？"

"什么事啊？"

"我说的是绿君。我可做不到。我做不到。这本子上不是都写着吗？"

我在他眼前晃了晃写着自己名字的那本本子。从那次以后，我反反复复地翻看。

"是写着呢。"

"这日记吧，走错一步，就成了特伤感的故事了，对吧？而且，可能已经走错一步了……"

"也许吧。"

"你也这么想？"

"已经给人这种感觉了啊。也用不着想得太深吧。"

风太将橘子上的白筋，一丝一丝地揪下来，也不嫌麻烦。他一向喜欢都剥干净之后再吃。

"你说，那种事可能吗？难道说，不是想好了要那么做才做的吗？那种事，能不由自主地做吗？"

我一边说，一边回想起那天晚上在去车站的路上，绿君表现出来的对一切繁琐之事的厌恶和对他人行为的漠不关心。

"有可能吧，有的人。恐怕大多数人都可能的。绿有可能。"

"我没说错吧。男人就是这样吧。女人也会这样吧。很有可能吧。啊，气死我了，太伤人心了。"

其实我并没有生气，也不伤心。也许只不过是对于自己的胡思乱想，以及对于胡思乱想的结果一再感到气愤和悲伤，使我疲惫不堪而已。

"我问你，我主动跟他联系的话，不合适吧？"

"没什么不合适的。现在就联系一下吧。"

"什么？现在？"

"那家伙除了特殊情况外，从来不会主动联系的。"

"真的?"

"基本上是。"

"可是……"

"你不愿意?"

"可是，说什么呢?"

"这个嘛，就说明天一起吃晚饭好吗。"

我赶紧拿出手机编写短信。

"明天、一起、吃晚饭、好吗……"

"等等，就这么发可不成，感觉再随意一些，别那么忧郁。"

"别那么忧郁?"

"圆，你给人感觉挺沉重的。"

尽管他的意见很值得我深思，我还是决定暂且先约绿君共进晚餐。他回了信，约定明天晚上七点见面。

"江藤小姐，听说你参加忘年会?"早会结束后，小峰姐问我。

"啊，是啊……"

"真是罕见哪。"

"今年没有什么事……"

"每次叫你都不来，我以为你不喜欢参加这类活动呢。"

"不是的，完全没这回事。"

"是吗？江藤小姐参加集体活动，除了进公司当时的联谊会，这还是第一次吧？好了，不说了，辛苦一年了，好好放松放松吧。"

"啊，好啊……"

小峰姐嫣然一笑。按说是和平时一样的笑容，今天却显得更加亲切一些。一定会很愉快吧。和那些没说过话的其他部门的年轻人也会谈得来吧。也许我会忙于去认识一个又一个不认识的人，没有闲工夫玩擦手巾了吧。

去吃午饭的时候，在电梯里遇见了会计科的姬野小姐。今天她依然是香气袭人。她那纤细的手指尖摁地下一层键时，指甲油闪烁着粉红色的光。换作以往，我只会小声地说一句"辛苦了"，今天却深吸了一口气，试着主动跟她攀谈。

"姬野小姐，忘年会，你参加吗？"

她用力甩了一下褐色头发，朝我回过头来。

"你说什么？"

"忘年会，下下周的。"

"啊，去啊。"

"我也去。"

"真的？江藤小姐也去？真是难得啊。"

"嗯，今年没什么事。"

"好啊。不光是忘年会，别的活动你也多多地来参加就好了。"

原来她的笑容是这样的啊。这么近距离跟她说话，除进公司那年以来好像再没有过了。太久没离这么近了，一看，才发现她似乎也老了不少。恐怕我自己也一样吧。

"一起去吃午饭？"

没多想，我就发出了邀请，说出口之后也没有后悔。

"抱歉，今天跟别人约好了。"虽然被拒绝了，我却没觉得受到什么伤害。今天不行，下次再约好了。再说我也一样，中午虽然没有约，但是晚上有。

和绿君约好在新宿站中央西口会合，他今天也围着一条红围巾，很显眼。

"晚上好。"

从上次在他房间过夜，到明天正好一个星期。我回忆中的绿君和此刻站在我眼前的他似乎有些不同。这也不足为奇吧。不论是谁，记忆中的人和现实中的人之间总会有一些差距的。相隔时间再短，也是一样。

"晚上好。"

绿君依旧是那副不高兴的表情，不过，我知道他并没有不高兴，这让我窃喜不已。

"去我那边的车站好吗？有个地方挺好吃的。"

"好。可以。"

"走吧。"

上次都到那个程度了，心想在电车里拉个手总没什么吧，可要我自己主动伸手过去，还是鼓不起这个勇气。我心里想，就算在一起过了一夜，又怎么样呢？别太自作多情了。

尽管这样，我还是觉得很自豪，因为这位帅气的、有个性的、与时下的年轻人迥然不同的青年有可能成为我的男朋友。我一边和他有一搭无一搭地说着话，一边时不时偷偷看一眼他映在车窗上的身影。吃过饭后，他会来我家喝茶吗？或者再邀请我去他的住处？

我们走进了车站附近一条胡同里的一家西餐馆。我很喜欢这家餐馆，墙壁是素净的彩色方格图案，桌布雪白。我还没带风太来过，过几天不妨带他来一次。能和绿君一起到这儿来，多少是托了一点这个弟弟的福。

我问绿君想不想喝点葡萄酒，尽管自己还从来没有在这个店里喝过酒。

"不喝了，我今天没带钱。"

"啊，没关系没关系，今天我请客。感谢你上次的关照。"

"上次?"

"啊，就是那个，让我看乌龟……"

坏了，我心想。虽说自己根本猜不到绿君心里是怎么想的，但还是觉得最好暂时不要去触及上次那件事。

"这儿的菜很好吃，我和朋友常来。"

葡萄酒上来后，我们干了杯。绿君还是没有一点真正的笑模样。我忽然发觉，在旁人眼里，说不定无缘无故傻笑的我反倒显得更可笑呢。他对上酒的女服务生也是面无表情，对我精心打理的发型也只是扫了一眼，没发表任何评论。这个人大概是在极力排除生存过程中没有意义的努力啦、兴趣之类的吧。意识到这一点后，我就越发地想要崇拜他了。

上了菜之后也是一样。其实我是从不喝葡萄酒的，今天却喝了第二杯，即使不说什么，也应该越来越兴奋的。可绿君却越喝越冷静，就像水面下的人似的，连轮廓都快看不清楚了。

"好吃吧，这儿的菜……"

"嗯，好吃。"

"我觉得你好像没精神，是我多心吧?"

"不，我一向没精神。"

"是吗……"

"是的。"

此后直到餐后甜点，他再也没说一句话。我觉得心里很不舒服，加上葡萄酒的关系，直想吐。但是，我仍然一厢情愿地想，只要他待在这里就好，就连两个人造成的沉默，都是最可宝贵的。

我在收银台付完账走出店外，看见先一步出来的绿君把手揣在兜里，仰望着天空。

"你看什么呢?"

"啊，觉得挺冷的。"

"觉得冷就看天空? 有意思。"

我也模仿他的样子，多少怀着一点浪漫的心情抬头往天上看。猎户座三颗星的连线清晰可见。猎户座是风太喜欢的星座。上小学的时候，他迷上了认星座，把家里的天花板当作天象仪，按照每个星座的形状贴上萤光贴纸。尤其是猎户座，不贴在天花板上正对着枕头的地方，他就不依不饶，让我一遍又一遍地重新贴。"再往左一点"，"再往右一点"，风太躺在床上，悠然地指挥着站在放在床上的颤颤巍巍的椅子上的姐姐……

我感觉心里很不是滋味，便低下了头，这时，绿君朝着车站方向迈开了脚步。我赶忙追了上去。他嘴里说了句"啊，抱歉"，却并没有停下脚步。

"你现在，回家?"我怀着期待问道。

"回家。"回答极简短。

"不去我家喝杯茶吗? 风太也在。"

"啊，不了。"

"为什么呢?"

"我还有事。"

"跟乌龟有关?"

"没有。"

就这样一直跟着他走到检票口，到底他也没有笑一次，一直绷着脸。他买了票，正要通过检票口时，我叫住了他。他问我"有事吗"，脸上依然是那副不高兴的表情，眼睛直盯着我。我虽然把他叫住了，却怎么也想不出一句话来。

"那个……"

我什么话也说不出来。看着他的脸，一个念头趁着这个时候又一次冒了出来：说不定他这不高兴的表情，并不是看起来不高兴，而是真的不高兴吧。刚才吃饭的时候，这个念头就一直挥之不去。

"你是不是不愿意呢？"

"什么事？"

"今天见面的事。"

"也不是。"

"可是，上次咱们那个……"

自己也不知道想说什么。我想的只是，写在风太的日记里的事是真实的，为了使其后续发展顺利并迎来幸福的结局，需要他的协助。

"我这个人，是不是太冷漠了?"

"啊，嗯……"

"可是没办法，只能这样。"

"什么?"

"就是吧，一那样我就老觉得特别麻烦，一觉得麻烦，就玩完了。虽然明知要玩完，一看见风太那样的家伙，又觉得这种事说简单也简单。"

"这种事?"

"怎么说呢，就是和别人正式建立某种关联。"

"关联……"

"可是，对我来说似乎就不那么简单了。我也不想老是这样下去，所以偶尔会像上次那样努力一把，结果还是不行。圆小姐可能理解不了。"

"是啊，可能理解不了。"

"不过，我好像就是这么个人。只能做到这一步了。"

他显得非常为难地注视着我，这是我今天所看到的、他唯一可以算做表情的表情。

"我可以向你道歉吗?"

从公寓前面的小路上可以看见自己的房间里亮着灯。我停住了脚步。风太在屋里。早上走的时候说过可能带他来，所以，风太大概准备了三个人的茶点。

空虚感就像蚯蚓一样在我的身体里耕耘着，冰冷的空气沁入了心脾。

我不想回家，也不想这么待在外面。既不想见绿君，也不想见任何人。

"我不行。"

大概是站得太久了，竟自言自语起来。感觉嗓子发干，我咽了口唾沫。我应该回家，回到那间明亮的屋子里去，换套衣服，喝口风太准备好的茶水，再泡个热水澡，然后钻进被窝，以全新的心情再次睁开眼睛。可是这些事，我觉得我已经没有气力去做了。

眼前浮现出朝我点了下头，转身走远的绿君的背影。虽然葡萄酒和鱼应该已经填饱了我的肚子，但却根本没进到我的肋骨里面，那里有的只是一片空无一物的黑暗空间在扩展。

"我不行！"

我把声音提高了一点，可是什么也没有改变。房间窗户打开了，风太从凉台伸出了头。

"你说什么？"

"风太，我不行。"

"什么不行？"

"什么都不行。"

"你挺行的呀。怎么啦？"

我跑上了楼梯，站在门外深吸了一口气。今天的事，我是一丁点都不想提。我打算脱了鞋，摘了隐形眼镜，脱掉衣服，赶紧泡个澡就睡觉。风太的什么笔记本，一边去吧。我的生活他爱怎么记录随他的便，我已经没兴趣了。真正的人生没有这么错综复杂，很安全，但是没有收成。

推开门，看见弟弟一脸担忧地站在门口。

"靠边呀。"

我把包塞给他，一进屋就洗了手，摘了隐形眼镜。本来应该直接去泡澡的，可一坐到床上，就一步也不想挪动了。

"绿呢?"

"回去了。"

"喝茶吗?"

"不喝。什么都不想干了。什么也干不成。"

"圆有正式工作，比我可强多了。"

"真烦人。不想说话。"

"也包括我?"

"对了。"

弟弟站起来，给我沏了杯茶，放在桌子上就出去了。我听见旅游鞋鞋尖敲玄关地板的咚咚声、关门声、钥匙扣上的一把钥匙从外面转动锁孔的声音。

桌子上的茶杯旁边，放着两块巧克力曲奇。

一觉醒来，已是半夜两点多了。我觉得喉咙干渴，就从冰箱里拿出橙汁喝起来。

马克杯里的橙色液体穿过喉咙，流向胸腔和腹部交界的地方。我晃了晃上半身，感觉到一股冰凉的东西从里面触摸着那块温乎乎的地方。这股冰凉的东西带着我体内温乎乎的东西渐渐消失了，肚子里只剩下了些许沉重的感觉。这时我已经开始了下一个行动，橙汁已被我遗忘了似的。我要洗干净水槽里堆着的茶杯和碟子，然后去放洗澡水。

我正想再喝一杯冰凉的橙汁时，发现风太还没有回来。我把放在冰箱上的手缩了回来，从水壶里倒了杯凉白开喝了下去。

风太那个表情到底是怎么回事呢？他把那杯茶放下，出去的时候，都快哭出来了。想哭的人应该是我呀。他原本是个喜欢看着别人因为自己的恶作剧而急得团团转、四处乱跑的孩子。这次想必也是一样。说不定他不过是在一旁饶有兴致地欣赏着我为了不值一提的小事亦喜亦忧的模样呢。他那副表情，只是为了引起别人同情的惯用伎俩之一罢了。

低头一看，风太的双肩包扔在我的脚边。包很大，卡其色，口袋边已经开了线。

我蹲下来，打开了双肩包。

里面装着十几本笔记本，封皮上大大地写着一些不认识的人的名字。为了填充我已近乎麻木的脑子里的空白，我从最边上拿起一本看了起来。

每一本笔记本里都记录了某个人一生中的某个时期。从中我知道了一名公司职员家里某个夏天发生的事情。他结婚很早，已是三个孩子的父亲。他的第二个孩子得了严重的支气管炎，最小的孩子摔破了右膝，缝了好几针，妻子说还想再生一个孩子。因患肺炎而住进医院的老母亲已日渐康复，老父亲趁着母亲不在期间养起了狗。

有个人怀疑交往已久的恋人与别人有染，就跟踪对方，回家后却装作什么也不知道，举止一如往常。有个人抱着当歌手的梦想，一直在工厂里打工，拼命积攒上京的费用。有个人未婚先孕，双方经过长时间的协商，最终结了婚。有个人苦于丈夫花钱大手大脚，只得出去当钟点工。无论翻开哪一本笔记本，从那些零散的事件中，都隐约浮现出一条细细的故事线。

我发现了写着绿君名字的笔记本，稍稍犹豫了一下，打开了那本本子。正如他自己说的那样，全是平淡无奇的生活记录，只不过是将每天做的几件事堆砌到一起而已。

今天去了学校。忘了写小论文，可能拿不到学分。去打了工。

今天去了学校。朋友叫我一起吃午饭，没去。去打工，可老板说今天不用来，就回家了。

在朋友家打了一天麻将。晚上去看电影。

在家一直睡到中午。傍晚，和风太去买龟食。

为了查阅写小论文的资料去了图书馆，可是没有找到用得上的。在图书馆遇见一个朋友，和他聊了几句后回家。

从开头念到最后，也没有花费多长时间。

在他的记录里，找不到别人的笔记本里都有的那种脉络。即便有了点小波澜，第二天也消失得无影无踪了。难道这就像他今天晚上跟我说的，是因为对什么事、对什么人都不执著的缘故吗？也许这样一来，就不会因某件事情引起的连锁反应使他的生活有所改变了。

尽管如此，我还是很想知道他"忘了写小论文"的时候，"没和朋友一起吃午饭"的时候，他都想了些什么；"看了电影"的时候，那部电影引发了他怎样的思考；"遇见一个朋友"时，都聊了些什么。我又重新看了一遍，可是从这些写着的文字中并没有浮现我想要知道的东西。

我合上本子，定定地看了一会儿封皮上用记号笔写的他的名字。然后把所有的本子摞起来，四角对齐，按原样放回了双肩包里。我看见在双肩包顶盖内侧，写着风太名字的罗马字拼音①。

无论在哪本记录里，都找不到一句弟弟自己的看法，或者自己和那个人的关系的描述。从显得冷冰冰的写法来看，弟弟对于上面写着的那些人的幸与不幸几乎不抱什么兴趣。

合上本子后，此刻不可思议地浮现在我眼前的，与其说是记录那些素昧平生的人们的生活的软弱无力的字迹，不如说是连接字与字之间的空白部分。风太这个人的形状，仿佛被挤压在那些文字的空隙间。

---

① 即拉丁字母拼音。"风太"二字写做"**FUTA**"。

第二天早晨，我给妈妈打了个电话。

"妈妈，风太不见了。"

"哟，又不见了？去哪儿了？"

"不知道。"

"真拿他没办法。"

"搞不懂他。折腾别人觉得好玩呢。"

"是啊。不过真没想到他跑到你那儿去啊。"

听口气，妈妈好像并不怎么担心。

"为什么？"

"我们以为那孩子会一直都远离家人呢。一个人多自由自在呀。不过没关系，男孩子嘛，只要时不时能跟我们报个平安就够了。"

"他才不爱联系呢。"

"嗯。不过呢，他一换地方就会打电话来的。说是万一我们俩谁走了的时候，能联络上他。那孩子，其实比我们想象的要胆小呢。不过他说不想让阿圆知道这些。不知道他是怎么想的，大概是赌气吧。"

妈妈笑了起来。和以往一样，听筒里同时传来电视的声音和狗叫声。

"原来是这么回事啊。"

"过几天他会来电话的。到时候我告诉你一声。"

"不用了。"

"怎么了？"

"没话可说。"

"他爸，风太又走了。"妈妈在电话那头大声说道。我没有拿开夹在耳朵上的话筒，就那样看着烤面包器里的吐司烤熟。

风太好几天没有回来。

星期日早上下起了大雨，从远处还传来久违的雷声。

我在看电视。

一个头上戴着向日葵假花、穿黄色连衣裙的女子正拿着麦克风唱歌。她随着快速的旋律扭动着身体，胀鼓鼓的裙摆也跟着一起一伏。这女子的身后有一群男女老少，歪扭着身子用手打着怪怪的拍子。女子一唱完，一个身穿西服的男子马上凑上去，跟她说了两三句什么，女子向后退去，下一位歌手走到前台来，伴奏开始了。

我躺在床上，躺的方向和平时相反。脚放在枕头上，头下枕着右手，手麻了。从早上就一直开着暖气，脸上热烘烘的。

我伸出脚去勾开了窗帘，脚趾尖带出了窗外的风景，灰色的天际飘浮着几缕淡淡的橘红色。我用脚又踢开了窗户，任由刮进来的雨滴敲打着脚心。

听见有人上楼梯，可能回来了吧。正想着，大门开了。夹杂着雨声，我听见了一声"我回来了"。风太走了有几天了？数了数，已经七天了。

"雨下得大极了。"

风太走近窗边说道。大概是跑着回来的，气喘吁吁的。雨突然间下大了。

"你上哪儿去了？"

"哪儿也没去。"

"还活得好好的呀。"

"你也一样啊。"

风太扭过头看我。隔着窗帘旁边吊着的几件内衣和长统袜，风太的轮廓变成了浅淡的影子。我一直贴着窗帘的脚心，早已被刮进来的雨水打湿了。

"雨都溅进来了，关上吧。"

他关上了窗户，所有一切声音听上去立刻远了。我凝视着风太，在床单上蹭着湿漉漉的脚心，脚心火辣辣的疼。我忽然意识到这个掩饰自己窘态的动作，可能反而会让风太心神不安，就很自然地把脚伸进了枕头下面。

"圆，你还好吗？"

"什么呀？"

"所有一切。"

"我根本就没有所有一切。我和你可不一样，只能为了生活而工作。"

"绿的事，还放不下？"

"你是为了问这个才回来的？"

电视里的歌谣秀还在继续，从里面传出来的歌声将我和风太的沉默埋葬得无影无踪。我真巴不得现在打一个大响雷，打得电流断路器跳闸，房间变成漆黑一片。这样一来，风太就无法观察我了，也无法默默地瞧着我的表情、我急促的呼吸，以及从压麻的手掌扩展到整条胳膊的疼痛引起的窘态了。

风太的视线均等地投射到我的身上，也同样均等地投射到了床上、书架上、榻榻米上。风太就像在看一幅画似的看着我们。歌声、掌声和时断时续的雷声，与我们的沉默毫不相干地在房间里不停地回响着。

"可以开开窗户吗?"风太说道，"这个房间真热。"

"据说，你并不是去向不明啊。"

"啊?"

"听妈妈说的。说你经常从各个地方给她打电话。"

"是吗?"

"看来，你还是不愿意被人完全忘掉吧。自己不受人关注的话，就觉得特难受吧。"

弟弟不说话了。

我伸出脚，再一次踢开窗户，让雨水溅了进来。

我在屋顶上一个人吃着午饭。秋天的时候，公司的人都喜欢上这儿来，很热闹，可是一进入刮北风的十二月，就谁也不上屋顶来了。我裹紧了大衣领子，把围巾拉到了耳朵上边。

虽然刮着寒风，但晴空万里，蓝天高远。我凝视着面前的护栏网。护栏网的高度跟我的身高差不多，很容易就能翻过去。翻过去后，再向前迈二三步也是很容易的。跟一个不怎么了解的男子过一夜，去参加一时冲动报了名、现在又不想去的忘年会，和同事愉快地共进午餐，相比之下，哪个更容易些呢？

我把那包三明治放在长椅上，走到护栏网边上。在对面建筑工地的高楼上，头戴安全帽的男人们正在埋头干活。即使从这儿跳下一个人去，估计他们都不会发现的。直到高楼底下响起了救护车的鸣笛声，他们才会发现我的尸体，朝着它指指点点吧。

按理说，人生并不是这么简单的东西，不是这么轻易就可以结束掉的。但有时我也觉得，也可以让这一切变简单的。

"三明治还没吃完呢。"

突然有人抓住了我的肩膀。原来是风太。他背着双肩包，笑呵呵的，还是那副讨人喜欢的笑容。

"你怎么来了？"

"正好来这边办点事。顺便想瞧一眼认真工作的圆呀。这个大楼，随便谁都可以进哪。"

"我真的正在工作呢，你回去吧。"

"正在休息吧。我跟你待会儿怕什么呀。"

风太坐在长椅上，拿起我刚吃了两口的三明治啃起来。啃了两口，他两手交握在脑后，目不转睛地瞧着我。真受不了，我真想撞开这视线，独自一个人待着。我想对他说，其实我一年到头都是在这楼顶上自己吃午饭的，根本没有和同事一起吃过。事到如今，恐怕被人轻视要比被人同情更让我心里痛快得多吧。

我在他旁边坐下后，风太不眨眼地盯着我问道："圆，你待在这儿不冷吗？"

"不冷。"

"是吗……"

"我说，你到底干什么来了？"

"没事啊，我不是说了吗。"

见我还是用怀疑的目光瞧着他，风太就问我："圆，你能不能马上说出自己想要什么呢？"

"能啊。想要快乐。"

"对呀，想要快乐吧。你想快乐地待在温暖的地方，而不是这么冷的地方吧。"

"你呢？"

"我也差不多吧。"

风太又是半天没说话，继续吃着。我望着对面大楼上干活的男人们，恨不得跑到那边去，干它个筋疲力尽。男人们手里的工具飞溅着火花，在大风中明灭着。

"风太快乐吗？"

我的声音很小，本来不想让他听见的，谁知他还是听见了。

"怎么说呢。不过，我以前就想过，圆是自己把人生搞复杂了。微笑面对的话，基本上都会顺利的，可你怎么就意识不到这一点呢？"

"我可不像你那么乐天，也没你那么招人待见。并不是所有人的想法都是一样的，你没发现吗？"

"有道理。不过，我并不是千方百计要讨别人欢心，才那么做的啊。"

"多么美好的人生啊。"

"可是，总不能永远这样下去吧。"

就像谈论别人的事情似的说完，风太用纸巾擦掉了手指上沾的蛋黄酱。这时，车站大楼上的钟响起了一点整的报时音乐，风太随着音乐声哼哼起来。

音乐停下来了，风太也安静了。铁与铁的击打声、金属材料从起重机上被扔下去的声音在四周回响着。在这持续不断的噪音中，风太的沉默也一直在持续。

应该说点什么，我寻找着恰当的词汇。虽然旁边坐着的是弟弟，可我就像在小峰姐或绿君的沉默面前那样，怎么也张不开口，觉得自己想说的仿佛都是不值得一说的废话。一点整的音乐能不能再响一次？起重机的响声能不能再剧烈一些？

"圆，你的表情好怪异。"

风太慢慢地凑近我的脸，笑着问道。我不知该怎么回应他的笑脸，光是点头。

"现在大家对我的确都挺不错的，可是我也会想啊，我要是突然离家出走的话，恐怕没有一个人会为我担心的，大家会说，那孩子在家就是待不住啊。"

虽然风太是笑着说的，我却笑不出来。"是啊"也好，"不会的"也好，我都说不出口，唯一能做到的，就是从纸袋中拿出一杯咖啡，问他："喝吗？"

"喝。"

风太接过纸杯，喝了一口，"真烫"，说着伸出舌头使劲吸溜起来。看着他这副怪样，我终于噗哧一声笑了出来。

"瞧你那傻样。"

"是有点傻。"

风太伸了个大懒腰，放在长椅最边上的双肩包咚地掉到了地上。

"那些记录你都看了?"我以为他会生气，可他只是满不在乎地问我，"觉得怎么样?"

"没觉得有什么。"

"人们都在忙着自己的事吧。"

"嗯，可以这么说吧。不过你写这些，究竟有什么乐趣呢?"

"所有的人都问我这个问题。不过大家只是随口问问，最终都会从对我的好奇转向对本子上所记的自己人生进行深入思考的。真不可思议啊，是吧?"

"可不是，谁像你似的老是关注别人呀。不管你烦恼也好，寂寞或者生气也罢，没有人认为值得抽出自己宝贵的时间去认真对待的。就连我也一样，对你的寂寞也想装着没看见的。"

"不过，多少有点担心吧?"

"嗯，有那么点吧。"

"当然也有像绿那样的家伙。我觉得要是能像那家伙一样，人生就轻松得多喽。"

一听到绿君的名字，我恨不能把眼睛、耳朵、嘴巴都给封上。片断的回忆像走马灯似的一个接一个闯入眼前的景色中，然后一个个砰然破碎，只剩下干沙粒似的东西在我的身体里积淀。

"别跟我提他。"

我一说，风太满不在乎地笑道："抱歉。"他这副笑容曾经不止一次地惹我生气。

"不过，这么长时间没见，看你还是坚持把人生搞复杂了之后再去做那些复杂又麻烦的事情，我还是挺感动的。"

"可现在我觉得想那么多太累。我就是少费点脑子也无所谓，只要能活得快乐一点。"

风太转过身来瞅着我。这回没有用观察植物的那种神经质的眼神，而是他第一次离家出走被找回来后狼吞虎咽吃披萨时的那种表情。

风太捏着三明治外包装的指尖，已经冻得红红的了。

"说得是啊。"风太说着，和我一样抬头朝对面的大楼望去，好像觉得很晃眼，大眼睛眯成了一条缝。

门开了，穿着制服的公司职员三三两两地上屋顶来了。风太沉默了一会儿，拍了我肩膀一下，说道："那我回去了。好好工作。回见。"

"好，回头见。"

肩背大双肩包走出去的风太的背影，一看就是个典型的无拘无束的年轻人。他那健美轻快的身体和头脑里装着些什么呢？他是想让我们去了解他吧。他不想自己告诉我们，想等着我们去问他吧。

早晨，我蓬头垢面地吃着面包卷，瞅着正在穿水珠袜子的风太，琢磨着有什么事要吩咐他做。

"有空的话，帮我换个电灯泡。浴室的，该换新的了。"

"知道了。"

"这袜子，挺可爱的。"

"可爱吧。"

"有没有吃的?"

他从袋子里掏出一个面包扔给我。

我也像往常那样打开本子看起昨天的记录来。然后又翻回到第一页，从头看到最后。虽说基本上都是我瞎编出来的无聊事，但是，将这些虚假和真实相掺杂的文字悉数连接起来的话，确实可以看出我的生活轨迹，尽管形状不怎么好看。

"这东西，看着直想哭。"

"真的?"听我这么一说，风太笑了，沾着牛奶白沫的嘴角朝上一翘。

从那天起，风太再没有回来。

我什么都没有改变。什么也都不愁，而且还感觉到几分轻松愉快。

弟弟大概过得不错吧。暂时又见不到他了吧。无所谓。过一阵子可能会觉得寂寞，现在还行。

浴室的灯泡已经换上新的了。

"妈妈，风太又不见了。"

"哎呀，他现在在咱家哪。"

"什么？他回家了？"

"正吃着点心看电视呢。突然回来的，吓了我们一大跳。"

"他说什么了？"

"说他没钱了。唉，真是个任性的孩子啊。"

"就是。爸爸呢？"

"爷俩一起看电视呢。叫他吗？"

"不用了。真是阖家团圆哪。"

"是啊。阿圆要在就好了。周末能回来吗？风太一回家，就像老祖宗回来了似的。"

只听见妈妈"哟"了一声后，电话那头换成了弟弟高八度的假声："喂——喂。""喂——喂"，我也尖声尖气地学他。

我在车站、在房间、在街上寻找着某个声音。正如风太在笔记本上写的那些文字一样，那声音期待着把我的生活讲给它听。

一个女人，走着夜路，右手拎着手提包和一只塑料袋，左手拿着一把折叠伞。离开公司的时候下雨了。塑料袋里装着的瓶装饮料和花茎甘蓝有点分量，勒得手心疼。不过，当下她想要独自感受这份沉重。

一走近那个熟悉的拐角，她就抬头去看天空，隔着小路尽头的小诊所院子里的那棵橡树，仰望那轮明月。她觉得树叶的翠绿色和天空的藏蓝色很美。这不变的风景至今已看过多少回了？今后的路途肯定还会这样弯弯曲曲地无尽延伸吧。

正想着，她已经走到了那扇熟悉的公寓门外。她从手提包里拿出东京塔钥匙扣上串着的钥匙，打开门，在玄关脱了鞋，摸索到开关，打开屋里的灯。脱掉大衣，摘去发卡后，她走进浴室，拧开水龙头，坐在浴缸沿上凝视着笔直下注的热水柱。

在水蒸气的笼罩中，我闭上眼睛，感受着皮肤渐渐由凉变热。窄小的浴室里回响着的热水的声音，听起来也像是正在挖掘一条通向什么地方去的隧道的声音。

捡松球

小日向先生管小夏江叫"夏夏"。

无论插在什么话当中，只要一提到这个名字，他都像跟捧在手心里的易碎宝贝说话似的，小心翼翼地慢慢发音。

"夏夏好像挺喜欢松球的，小泉小姐，你回来的时候顺便给她捡几个来，好吗？拐角那家医院的小树林地上掉了好多呢。啊，这个，这个袋子正合适，麻烦你了，行吗？"

小日向先生此时正坐在洒满阳光的书房窗边的大黑椅子里。平时，他就夹在两侧高高的观叶植物中间，不停地咔嗒咔嗒敲键盘。每当这种时候，是不可因鸡毛蒜皮的小事打扰他或者跟他说话的。

不过，这会儿小日向先生捡起扔在脚边的塑料袋，在空中挥动着，嘴角露出了笑意，沉浸在自己独享的幸福当中，不知是因为提到了夏夏让他高兴，还是因为眼前已经浮现出了爱女手里拿着松球时的笑脸。

"我知道了。"

我说着开始把红茶茶具收拾到手上的托盘里。有点心屑散落在碟子里和厚厚的资料上，我用酒店餐厅里打扫面包屑的小簸箕把小日向先生的书桌清理干净之后，接过了塑料袋。大概是装过点心，闻到了一股甜香味。

小日向先生已经不看我了。他的手指停住了，盯着电脑屏幕上的一行行文字。我偷偷瞅了一眼，可什么也看不懂。单词倒是都认得，但是他的这种词语排列方式跟我平时采用的完全不是一回事。

"我知道了。"

我又重复了一遍，就走出了房间。在关上门的一刹那，我好像听见了一声轻轻的"麻烦你了"，回头一看，小日向先生却是静止的，犹如镶嵌在镜框里的一幅画。

我把资料送到学校后，往回走的路上，按照先生的嘱咐去捡松球，一边捡一边想着小夏江和小日向先生。小夏江现在有多大了？会叫爸爸了吗？小日向先生给她讲什么故事，听什么音乐呢？

我专捡适合她手心大小的、没太长开的小松球放进塑料袋里。从停车场那边走过来一些人，大概是来医院看望病人的，他们都微笑着朝我这边看。"一晃又到了这样的季节了呀!"一位和小日向先生差不多岁数的太太感慨完，"嗨哟"一声捡起落在身边的一个松球，装进我的袋子里。这个松球和这位胖乎乎的、气色特别好的太太的手掌心差不多大，不适合小夏江玩，我打算拿它去装饰事务所的玄关。

我蹲在地上，秋天的阳光洒在我的后背上，暖洋洋的。我转过身，拿起一个松球对着太阳看，远远近近地调整位置，等到太阳刚好被松球遮挡住，才停下了手。松球外缘出现一圈发白的轮廓，一眨眼睛，眼里就会出现云彩形状的残影。这种玩法对小小孩的眼睛不大好吧。小日向先生的小夏江的两只小黑眼珠，肯定还特别柔软稚嫩呢。

感觉到裹在靴子里的脚背有些发胀，就站了起来，袋子里的松球随之发出干脆的摩擦声。

回到事务所，看见西君坐在我的桌子上。

"别坐在那儿。"

我脱下外套，对着柜子玻璃整理了一下上衣领子，回过身一看，他还坐在桌子上翻杂志，晃悠着二郎腿，脚上穿的棕色皮鞋锃亮锃亮的。

"你坐椅子上呀。"

这张橡木做的桌子是小日向先生当学生的时候，从房东那儿得到的，式样古朴，我很喜欢。对于打工这一身份来说，多少夸张了点，但坐在这张桌子前接接电话，填填计划表，记录个留言什么的，真是一种享受。每当坐在这里干这干那的时候，就感觉自己俨然成了个年长的、头脑灵活的能干秘书。

"你这上衣，没见你穿过。"我坐在椅子上整理资料，他低头瞧着我问道。

"昨天买的。这颜色可能不大适合我，可觉得料子挺漂亮的。"

"挺适合你的。"

他把杂志放到一边，拽了拽脖子上斜系着的淡紫色蝴蝶领结。我将贴在桌沿上的一溜告事贴，从最边上一张张按顺序揭下来，然后在纸篓上方，手心朝下一翻，一把粉红色、黄色的纸片打着小转转飞落下去。

"还好吗?"

"想问谁呀?"

没等他回答，从小日向先生房间里传来了关窗户的声音。

"哎呀，糟糕，炉子……"

我从挂在身后书架上的衣架上摘下条纹围裙，正要去小日向先生的房间，就听见西君从背后问我："这是什么?"

　　他打开放在书桌上的塑料袋，往里头瞅着。

　　"啊，我忘了。谢谢。"

　　我双手托起塑料袋，手心里骨碌骨碌的，感觉很舒服。听到西君在背后说了句什么，我只"嗯"了一声。

　　我敲了下门，走进房间，看见小日向先生悠闲地坐在书桌斜对面的单人沙发里，一只脚上的胭脂色绣花拖鞋掉在了地上。

　　"对不起，我现在就添油。"

　　"先不用添。我是想让空气流通流通。虽然有点冷，不过点炉子还早了点吧。对了，刚才西君来了。"

　　"看见了。他还在呢。"

　　"你们俩一会儿要出去?"

　　"也不打算去哪儿……给您添麻烦了。"

　　"没事没事，我一点都不介意。你在这儿也挺无聊的吧?"

"其实，我还是比较好静的。"

"是吗?"小日向先生说着朝门口望去。门外一点声音也没有。我们的对话，不知他听见没有。

"叫西君进来喝杯茶吧。"

"好的。"

小日向先生的目光注意到我抱着的塑料袋，笑逐颜开。

"是那个吧?"

"是。"

我蹲在小日向先生身边，从袋子里拿出一个好看的松球给他看。

"地上掉了好多呢。"

"谢谢你了。夏夏一定特别高兴。"

小日向先生从我手里接过那个松球，从各个角度端详起来。松球在他干燥的手指间骨碌骨碌地旋转着。再过几个小时，这些松球就会在夏夏的小手里笨拙地转动的。那荷叶边似的坚硬外壳，会不会划破她那薄薄的皮肤呢？

我起身去厨房沏三杯茶。

"这么说，你是给小日向先生打杂了？"从事务所回家的路上，西君问我。

"不是。"

我本想再补上一句更有说服力的话，却什么也没说出来。正好路过下午捡松球的那家医院前面，地上还掉着不少松球。不知还有没有适合夏夏玩的，我远远地朝那边踅摸着。

"我看，你也太卖劲了吧。"

"给谁卖劲？"

"给老师啊。"

"我可不是给先生卖劲，松球是给夏夏捡的。"

"夏夏是谁？"

"小日向先生的女儿。"

"哦，那孩子啊。"

"你知道她?"

"她刚出生的时候，老师给我们看过照片。现在几岁了？差不多两岁了吧。不过，你不是为了干这个才去的吧?"

"这个嘛……"

"喜欢他?"

"要是的话，早就跟小日向先生结婚了。"

他不吭声了，不知是找不到恰当的话反驳，还是不满意我的回答。西君有时候喜欢制造这样的沉默。在这沉默的间隙，行人的脚步声、马路对面车站的广播声、从店里走出来的学生们的说笑声都听得异常清晰。西君的沉默不过是为了引起我对他关注的一种姿态，这种姿态或许是维持关系所必需的吧。但假如我要和某个人在一起，总希望尽可能过得愉快，而不是这样绷着脸默然相对。

"下个月咱们去旅行吧?"

"什么? 旅行?"西君无精打采地说道。

"是啊，去旅行，坐电车去。"

"去哪儿?"

"坐车需要半天时间的地方。有山的地方。"

"山……"

"好不容易去了，得住上两晚。说起来，咱俩还没有出去旅行过呢。"

"嗯，没有。"

我们的对话一直持续到电车进站。西君的电车先到了，他要回学校。我想，他回学校后，多半会翻开研究室墙上的挂历，找几个不影响写论文和考试的时间吧。

西君在站台上朝我挥手告别，另一只手贴在耳朵上表示"回头给你电话"，我朝他点了点头。

我到小日向先生这儿来工作是大学毕业后不久的事。研究室的前辈见我什么工作也没找到，很同情我，就给我介绍了给小日向先生当秘书兼杂务工的工作。

据说，小日向先生一直到几年前还在这所大学里工作，现在又是写书又是翻译，非常的忙，所以需要有人替他接接电话、送送稿子，"帮个小忙"。酬劳不多，又不是每天都去，所以，也就是个学生们轮流去挣点零花钱的活。我想，不妨在他那儿先干一段时间，同时也找点别的活干，或者寻找其他的发展机会。于是，就去了他的小事务所。

面试那天，初次见面的小日向先生给我沏了一杯红茶。正如研究室的前辈介绍的那样，他个子高大，很爱笑，就像是个很会关心人的大叔。我是有问就答，半句多余的话也不说，但心里想，这份工作我一定能干好。虽然一涉及工作以外的话题，谈话马上就中断，但他好像不怎么介意。

开始工作以后，才发现小日向先生比我所想象的更爱说话。我进去给他倒茶或者倒纸篓的时候，他只是默默地敲打着键盘。不过一旦工作结束，他就把我叫到房间里来，让我坐在长椅上，他自己坐在单人沙发上，跟我聊上一通。

上大学的时候，我的生活范围是极其狭窄的，小日向先生给我介绍了可以不必太在意周围，能够完全放松的那种氛围的咖啡屋，以及独自一人也能去的餐馆。他还以不着痕迹的形式，若无其事地介绍我认识了几个适当的男人。

西君就是那几个男人中的一个。他是小日向先生以前的学生，目前正在读研究生。起初，他是因崇拜小日向先生而"经常到事务所来玩"的人，而我只是"给他沏茶的人"。

不知从什么时候开始，比起三个人一起喝茶来，我俩单独喝茶的次数越来越多了。

我来小日向先生这里打工已经过了一年半。

光靠这份工作当然不够养活自己，所以我每周在家庭餐馆打几次夜工。虽然是通宵工作，好在事务所是下午去就行，所以一次也没有迟到过。

捡松球的第二天，收拾完茶具，我站在门口对先生说"我先走了"，先生叫住了我："小泉小姐，请你过来一下。"

"好的。"我说着看了一下表，马上就到六点了。今天和西君约好了去看电影，六点准时从这里出门跑到车站的话，应该来得及。

我走进房间里。小日向先生停下敲键盘的手指说道："我有点事要请你帮忙。"

"还是捡松球吗?"

"不完全是，但有点关系。"

"什么事啊?"

"你要是不愿意的话，拒绝也没关系的。因为是事出突然，再说一开始并没有规定这项工作内容。"

小日向先生跟昨天一样，手心里骨碌碌地玩着一个松球，大概是给自己留了一个吧。先生好像有什么话难以说出口的样子。我有些紧张起来，交叉在身前的双手攥得更紧了。

"是这么回事，实在是事出突然——明天想托你帮我看一天夏夏。"

门旁边的挂钟当当响了六声。小日向先生露出有些为难又有些高兴的表情。一说到孩子，想必无论在什么样的场合，他都会流露出这副表情。

"可以呀。"

明天没有什么安排，我也就没多想。

"谢谢了。"

"不知道我能不能行。"

"我太太明天有事要出远门。我本来可以看她，可明天我也要跑来跑去地外出办事。我会付酬的，当然要比平时的日薪多一点。"

"不用，不用。"

"啊，这个你不用担心。小泉小姐和夏夏肯定能处好的。我女儿可比那些学生脑子聪明。那么，你明天十点能来这里吗?"

"能。"

"那就拜托了。"

小日向先生最后朝我微微一笑，又把目光落回到电脑屏幕上，敲打起键盘来了。我想要问他，看小孩是否需要带点什么东西来，不过，看小日向先生那副双唇紧闭的样子，是不会再有什么话要对我说了。

我呼哧带喘地跑到车站，还是晚了一点，没赶上电车，就在站台给西君打了个电话。我告诉他下趟车得等十分钟，商量的结果，今天不看电影了，光吃饭。

西君在餐馆门口等我，手揣在兜里，黑茄克的领子只竖着右半边。"晚上好。"我问了声好，帮他整理了一下衣领，他微微抬起了下巴，他的脖子凉凉的。

菜上来之前，我跟他解释了一下没能赶上电车的原因。

"答应帮忙看孩子？你可真是欠考虑啊。你看过孩子吗？"

"没有。"

"可累了。"

"大概是吧。"

"我帮你看吧。"

"我会搞定的。"

西君用叉子尖戳着端上来的牛排盘子里的豆角配菜，一副无精打采的样子。

"电影没看成，对不起啊。"

我虽然嘴上向他道歉，可其实心里头并没觉得特别抱歉，因为看场电影的时间，我们俩有的是。

"我见过老师的太太。"

我把一块热牛排送进嘴里，盯着他的脸。西君拿起餐刀，一边将刚才戳的豆角斜切成一样长的段，一边继续说道："那时候他们还没有结婚。有一次我去老师家送东西，按了门铃后，一个年轻女人来开门，她就是现在的太太。老师随后慌慌张张地出来了，表情特别怪异，说不上是兴奋还是羞涩。可有意思呢，那位大叔。"

我拿起玻璃杯喝了一口水，还是没有说话。

我没有见过小日向先生的太太。

既不知道她叫什么名字，也不知道她面孔长什么样子。她是不是很漂亮？是不是很可爱？是不是很会做饭？是不是很爱干净？平时小日向先生谈起家里人时，总是管女儿叫"夏夏"，管妻子叫"太太"。然而迄今为止有几次在应当称"太太"的地方，先生不留神直呼了她的名字。每当这个时候，背朝阳光坐着的、总是晃动不定的小日向先生，就像涂了层清漆似的，骤然间定住了。

可是我居然给忘了，我居然把他太太的名字给忘了，只记得好像是个时尚得出人意料的名字。

小日向先生没有在书桌周围摆放太太和夏夏的照片。

据先生说，照片给人已过世的感觉，会使人伤感。

脱掉了小鞋的夏夏躺在小日向先生的沙发上睡着了。黄色灯芯绒裙子下面，裹着白色连裤袜的两条小腿耷拉在沙发边上。她穿着天蓝色的厚毛衣，从小脑门正中分开的头发，因静电而紧贴在沙发背上。

"这孩子就是夏夏。"小日向先生站起来，推开一只手把夏夏介绍给了我。

"她会走了吗?"

夏夏肉嘟嘟的腿还不像是能够走路的工具。正如现在所看到的，她全身的皮肤还这么柔嫩，不承受任何阻力地这么耷拉着，似乎要自然得多。

"能走了，虽说走不了太远。好了，我该走了。"

小日向先生在沙发旁蹲下，轻柔地摇了摇女儿，说："夏夏，姐姐来了，姐姐今天一天都陪你一起玩哦。"

我也走近沙发，站在他的对面瞧着夏夏睁开眼睛。夏夏好像睡得很轻，两只小眼睛很快就睁开了，正如我想象的那样，是一对还很柔软的黑眼珠。

"早上好。"

我提心吊胆地问候道。夏夏目不转睛地瞧着我，我也盯着她看，觉得她那双黑眼珠越来越大了似的。我伸出手想跟她握手，她突然放声大哭起来。

"哎呀，还认生哪，夏夏。"

小日向先生把她抱起来，夏夏的胳膊勾着父亲的脖子，夸张地哭着，使人怀疑有没有必要到这种程度。我傻呆呆地站着，帮不上忙。小日向先生朝我微笑着说："抱歉啊，这孩子有点认生，一会儿就好，你先坐下吧。"一边抱着夏夏在屋子里慢慢地来回走起来。

我没有坐在自己平时坐的长椅上，而是坐在小日向先生的沙发上望着这对父女。沙发上还留有刚才睡在上面的夏夏的体温，我感觉到后背暖暖的。

此前我只在这张沙发上坐过一次，那是来这儿一年左右的时候，那时我已经很自然地学会给先生沏茶了。那天下午，我从茶壶里倒出一杯红茶，在碟子上放了一块方糖，放在小日向先生书桌上不碍事的地方，然后将保温套罩在了旁边的茶壶上。

当时我正面临失恋。对方比我大很多，是个有妇之夫。他和到小日向先生这里来的那些和蔼聪明的男人不一样，吊儿郎当的，不过挺有幽默感。我们是在我打夜工的家庭餐馆相识的，不是在小日向先生的事务所。

这段明知不会有结果的恋爱总是使我的视野昏暗无光。我下决心无论如何也要结束它。必须即刻采取有意义的行动。然而，事实上我所做的却只是给毫无关系的某个人整整齐齐地摆放茶具，仅此而已。按说这事会弄得我心烦意乱，但我还是在先生这里待着。

我以为小日向先生会问我些什么，准备好茶水后，就在他身边站了一会儿。他只说了声"谢谢"，并没有喝热茶。透过薄薄的窗帘，我看见医院的好多扇窗户里亮着灯光。好静。偶尔有汽车驶上门前的马路，横穿静谧而过。

我看见透过窗户洒进来的阳光正好照到小日向先生的沙发上，也没请示，就舒舒服服地坐到了那上面。小日向先生并没有停下敲打键盘的手，也不知他意识到没有。

他的不管我让我感到高兴。我心不在焉地瞧着工作中的小日向先生，然后慢慢地将视线移到旁边去，终于，我感觉到"结束"这一真实感觉有了和体温一样的温热，满溢到了我的喉咙。

我挺直了脖子，目不转睛地盯着墙壁。墙上挂着的挂历上的画不可思议地抓住了我的眼睛，不让离开。水墨画里画的梅枝上停着一只小鸟，小鸟的小爪子尖有一点微红，越看就仿佛越红似的。

夏夏终于不哭了，又被先生放回了沙发上，我递给她一块软点心，她很乖地接了过去。

"夏夏，说'谢谢姐姐'了吗?"

尽管书桌对面的小日向先生这么说了，可夏夏还是满脸不高兴地只管吃点心。

"哎呀，在家里可懂事呢，今天怎么不听话呀。"

"大概是害羞吧。"

我这么一说，夏夏猛地扭过身，再次目不转睛地盯着我的脸看。我以为她又要开始哭呢，没想到她突然从沙发上下来，穿着袜子就跑到父亲身边去了。

"看这样子我哪儿也去不了啦。"

我猜测小日向先生是想要为难地笑一笑，但看上去不像。

"我做点什么好呢？看来也帮不上您什么忙。"

"哪里哪里。不过我必须出去一会儿。你看，我带这些玩具来了，小泉小姐，你就跟她玩玩吧。"

他指着放在书桌后面的一只大箱子说道。打开一看，里面塞得满满的，有娃娃、毛绒玩具、过家家的玩具房子、蜡笔、图画册，等等。我把它们一个一个地拿出来摆在地毯上，最后看见了放在最底下的我捡来的松球。

爸爸和妈妈和这个箱子，就是这个两岁小女孩的全部财产。

小日向先生走了以后，我以女仆的姿态陪着夏夏玩。夏夏似乎很喜欢玩娃娃，给那个金发娃娃换了好多套衣服。也不知道是因为还不大会说话，还是不好意思说话，她把娃娃和新衣服递给我，一言不发地命令我"给她换上"。

"好的，小姐。"我说着顺从地给她的娃娃换衣服。夏夏盯着我的动作，生怕我对娃娃太粗鲁。外面不时有汽车开过。

夏夏根本不去碰一下放在身边的热牛奶，光是我在喝。

小日向先生带着三份盒饭回来了，夏夏那份是专门做给幼儿吃的。

我从橡木接待台那儿拿来椅子，坐在小日向先生的桌子跟前吃午饭。夏夏坐在父亲的腿上自己吃饭，吃得挺好，尽管小勺还有点拿不稳。塑料勺的勺把做成了小兔子的形状。

"下午……"

"哎。"

"下午我不出去了。我还是有点不放心。"

"不过一上午夏夏都没有哭啊。跟我玩得挺好的。"

"不不，没关系的。万一有点事，小泉小姐该为难了。再说，不在她身边，我心里老是不踏实。还是不行啊。一向是交给太太管的，给惯成这样。"

"没有……"

我往喝空了的茶杯里倒红茶。夏夏停下拿着勺子的小手，张着嘴目不转睛地看着我的动作，然后伸出小手要拿暖壶，意思像是说"我要倒水"。

"这可不行，危险。"

"是啊，夏夏，这东西很烫，不能碰啊。"

"夏夏要倒。"她似乎是这样跟父亲说话的。

"夏夏听话，待会儿咱们去捡松塔吧。"

大概是想转移她的注意力，小日向先生拿起滚在书桌上的那个松球给她一看，夏夏马上高兴了："松塔，我要。"接着尽力张开小手，紧紧抓住了那个松球，说："夏夏，有好多。"

外面虽然不算太冷，但先生还是给夏夏穿上了红外套，绕了好几圈白围脖，像个雪人似的。小日向先生拉着夏夏的手走在前面，我跟在后面看着父女俩，看见夏夏的另一只手在欢快地摆来摆去。

"今天天气不错啊。"小日向先生回过头来对我说。

"是啊。"

已经三点多了。没有什么风，只有开始偏西的太阳光布满建筑物之间。我觉得中午的阳气似乎正好积留在从地面到夏夏身高的地方。

"快看，就是那边，夏夏，那边掉了好多呢。"

走到看得到医院的松树林的地方，小日向先生朝那个方向一指，夏夏立刻松开爸爸的手跑了过去。小日向先生放慢了脚步，我和他并肩走起来。

"前几天，小泉小姐捡了那么多松球来，她可高兴了。"

"是吗，太好了，没有白捡哪。"

"这孩子闹着要自己去捡。"

夏夏正蹲在地上，一只手上抱着好几个松球。小日向先生把塑料袋递给她，她一把抓了过去，专心致志地捡着满地的松球，一个接一个地装进袋里。

我也蹲下来帮着夏夏捡。有缺口的、脏了的不要，只挑选那些干净的、小一点的装进袋子里给她。

从树木的缝隙间漏下来的午后阳光，照在夏夏柔细的头发上，连发丝都看得十分清晰。裹着围脖的小脸上的一对眼睛，越发显得黑亮、水汪汪的。简直无法相信，这双捡松球的胖乎乎的小手，有一天会变得像我的手这样干瘦。

偶然一抬头，看见小日向先生正微微笑着瞧着自己的女儿。意识到我在看他时，他向我报以同样的微笑。夏夏小小的身影，在我们之间不停地移动着。

我学今天上午夏夏的样子，眼睛一眨不眨盯着小日向先生的脸。

"我去买橘子汁。"说完，小日向先生朝医院大门口的自动售货机走去。

直到他的背影看不见了，我才将视线移到他女儿身上，第一次试着呼唤她的名字。

"夏夏。"

夏夏停下手，回头看着我，脸上露出"别捣乱"的
表情。

"你爸爸去买橘子汁了。"

她越过我肩头，望了一眼远处。大概是看见了往回
走的父亲的身影，满足地轻轻哼了一声，又捡起松球来。

我闭上眼睛，又屏住呼吸，以防此刻的心情逃逸。
我倾听着夏夏捡起一个个松球扔进塑料袋里发出的声音。

我就这样倾听着，直到听见小日向先生拿着给我们
买的饮料，走到我身后的脚步声。

回到事务所，我帮着先生给夏夏脱掉了外套，然后
在小日向先生的房间里陪着她玩了一会儿娃娃。和上午
一样，我和夏夏几乎都不说话。我正要去准备茶水，小
日向先生叫住了我。

"小泉小姐，这个送给你。本来打算今天晚上和太太

一起去的，可是她不在家。晚上，我家对面的阿婆会帮我照看夏夏，不过今天晚上我想待在家里。你就和西君一起去看吧。"

小日向先生递给我两张电影票。

"这合适吗？"

"有什么不合适的？我很想让你们俩一起去。今天一天辛苦你了。时间还有点早，不过没关系，我会照顾她的。夏夏今天也很高兴，是吧？"

夏夏正专注地把捡来的松球摊在地毯上，没有回答父亲的问话。"夏夏。"小日向先生轻轻摩挲着夏夏的脑袋，夏夏伸出小手推开了父亲的手指。看见她的动作，我笑了。她又低下头，继续摆松球。

"以后说不定还会请你帮忙呢。夏夏好像挺喜欢你的。"

"真的吗？"

我们俩笑了起来，夏夏故意将一个松球滚到我脚边来。

告别时，小日向先生抱着夏夏送我到门口，夏夏朝我摆了摆手，说："拜拜。"

这是今天一天，夏夏跟我说的第一句话。紧贴着小日向先生的这张小脸，跟父亲相像的地方还真不少：笔挺的鼻梁、聪慧的眉毛、微微凸出的下巴。其他地方，肯定是遗传自我没见过的太太的长相了。

我望着小日向先生和太太的对半混合体夏夏的脸，心想，她以后会不会越长越像她的妈妈呢？

到了街上，我给西君打电话，他还在学校里。

"小日向先生给了我两张电影票。不是昨天那个电影。今天晚上七点的，对号入座。你去不去？"

"今天晚上？嗯，可能去不了……"

"为什么？"

"课题还没做完。我尽量吧。"

"谢谢。我已经下班了。我先自己到处转转，然后在电影院门口等你。"

"知道了。我出来的时候给你电话。"

"好的。"说完，我挂了电话。冷风钻进了我的裙子里。太阳快下山了。我一直瞧着夕阳西下后，才转身朝车站方向走去，只觉眼前人行道上的白线、路边的栏杆、不远处信号灯的绿色，都仿佛在水中似的慢悠悠地晃动着。

在电影院那站下车后，我瞧着橱窗里展示的色彩缤纷的时装消磨时间。

在披着柠檬黄披肩的模特前面，我犹豫着要不要买这条披肩。要是披上它，他就更容易从人群中找到我了吧。像今天这样的约会，肯定特别管用。我从来就怕人多，总是担心自己如果不去找对方，对方就永远找不到自己似的。

我买了那条披肩，在电影院门口披上了它，等着西君。映在马路对面橱窗里的自己的身影，看上去比平常跳了几分，从背景里凸显出来了。

电影开演前五分钟，西君来电话了。

"抱歉，还是完不了。换成明天好不好？今天就算了。明天的话，还可以从容地一起吃个饭。"

"我一个人看可以吗？"

"当然可以。那个电影，你那么想看？"

"我没有一个人进过电影院，这次想试试看。"

"也好。明天一起吃饭吧。"

我一个人进了电影院。在入口处，站在桌子后面的一个胖女人一声不吭地把票撕掉了一半。

走进放映厅，发现里面已是漆黑一片了，正在放映新片预告。我借着脚边小小的绿色照明，费力地寻找着票上号码所对应的座位。座位以中央通道为界分成两部分。对号入座的座位，好像都罩着白色蕾丝。我坐在了靠通道的座位上。

电影不是昨天想和西君看的那类外国爱情片，而是以日本一家庭为舞台的喜剧片。我和观众们一起不停地开怀大笑。这部片子刚刚上映不久，座无虚席，只有我旁边的座位是空着的。每当笑声间歇，我都会遗憾地想，要是西君在我旁边的话，就更开心了。我甚至还想，他说不定现在会赶过来呢。

不知是第几次笑的时候，我发觉身旁浮现的西君的轮廓开始变形了。我一边听着银幕上接二连三的笑话笑个不停，一边注视着那个轮廓一点点地松弛、起伏波动，逐渐变成自己非常熟悉的某个人的形状。我一边想着"别想了"，却依旧放纵自己的想象。

又爆发出一阵大笑，我转朝银幕看去。

我望着笑得肩膀颤抖的观众们。

某人的轮廓已经消失了，只剩下一点点无处可去的水分，残留在我的眼睑上，带着余温。

图书在版编目（CIP）数据

温柔的叹息/（日）青山七惠著；竺家荣译.—上
海：上海译文出版社，2011.10（2021.10重印）
（青山七惠作品系列）
ISBN 978－7－5327－5493－9

Ⅰ.①温… Ⅱ.①青…②竺… Ⅲ.①中篇小说—日
本—现代 Ⅳ.①I313.45

中国版本图书馆CIP数据核字（2011）第101123号

温柔的叹息	［日］青山七惠 著	出版统筹　赵武平
やさしいため息	竺家荣 译	责任编辑　于　婧
		装帧设计　友　雅

图字：09－2009－182号

上海译文出版社有限公司出版、发行
网址：www.yiwen.com.cn
200001　上海福建中路193号
杭州宏雅印刷有限公司印刷

开本787×960　1/32　印张5.5　插页4　字数48,000
2011年10月第1版　2021年10月第9次印刷

ISBN 978-7-5327-5493-9/I·3212
定价：38.00元